La doble vida de Arsène Lupin

Biblioteca de Autor

Biografía

Maurice Leblanc (11 de diciembre de 1864-6 de noviembre de 1941) fue un escritor francés, autor de varias novelas policiacas y de aventuras. Por encargo de Pierre Laffite, director de la revista *Je Sais Tout*, en 1904 publicó «La detención de Arsène Lupin»: las primeras aventuras del caballero ladrón. Esta publicación tuvo tanto éxito que le seguiría una serie de casi veinte libros. Lupin se ha convertido en un personaje clásico de la literatura universal, cuya fama solo puede ser comparada con la de Sherlock Holmes.

Maurice Leblanc

La doble vida de Arsène Lupin

Traducción de Mauricio Chaves Mesén

Título original: *La Double Vie d'Arsène Lupin*

Maurice Leblanc

Traducción: Mauricio Chaves Mesén

Bajo el sello editorial BOOKET M.R.
Avenida Presidente Masarik núm. 111,
Piso 2, Polanco V Sección, Miguel Hidalgo
C.P. 11560, Ciudad de México
www.planetadelibros.com.mx

Diseño de colección: Bruno Valasse
Adaptación de portada: Planeta Arte y Diseño / Bruno Valasse
Ilustración de portada: Bruno Valasse

Primera edición impresa en México en Booket: octubre de 2022
ISBN: 978-607-07-9150-5

Impreso en los talleres de Litográfica Ingramex, S.A. de C.V.
Centeno núm. 162-1, colonia Granjas Esmeralda, Ciudad de México
Impreso y hecho en México - *Printed and made in Mexico*

I

La masacre

UNO

Monsieur Kesselbach se detuvo en seco en el umbral del salón, tomó el brazo de su secretario y murmuró con voz preocupada:

—Chapman, entraron aquí de nuevo.

—Veamos, veamos, señor —protestó el secretario—; usted mismo acaba de abrir la puerta de la antesala y mientras almorzábamos en el restaurante la llave permaneció en su bolsillo.

—Chapman, entraron aquí de nuevo —repitió M. Kesselbach.

Mostró una bolsa de viaje que se encontraba sobre la chimenea.

—Vea, esa es la prueba. Esa bolsa estaba cerrada. Ya no lo está.

Chapman objetó:

—¿Está seguro de haberla cerrado, señor? Además, esa bolsa no contenía más que baratijas sin valor, objetos de tocador...

—No contiene más que eso porque saqué mi billetera antes de salir, por precaución... de lo contrario... No, se lo digo, Chapman, *alguien* entró aquí mientras almorzábamos.

En la pared había un aparato telefónico. Descolgó el auricular.

—¡Hola! Soy M. Kesselbach, departamento 415... Eso es... Señorita, comuníqueme con la prefectura de policía... El Servicio de la *Sûreté.*[1] Tengo el número, un segundo... Ah, aquí está... es el número 822-48. Espero al teléfono.

Un minuto después, continuó:

—¿El 822-48? Quisiera hablar con M. Lenormand, jefe de la *Sûreté*. Es de parte de M. Kesselbach... ¿Bueno? Pues sí, el jefe de la *Sûreté* sabe de qué se trata. Llamo con su autorización... ¡Ah! No está... ¿Con quién tengo el honor de hablar? M. Gourel, inspector de policía... Pero me parece, M. Gourel, que usted asistió ayer a mi entrevista con M. Lenormand... Pues bien, señor, el mismo hecho se repitió hoy. Entraron en el departamento que ocupo. Y si viniera ahora mismo, quizá descubriría algún indicio. ¿De aquí a una hora o dos? ¡Perfecto! No tiene más que pedir que lo dirijan al departamento 415. Una vez más, ¡gracias!

De paso por París, Rudolf Kesselbach, el Rey del Diamante, como le llamaban —o, según su otro sobrenombre, el Amo del Cabo—, el multimillonario Rudolf Kesselbach (su fortuna se calculaba en más de cien millones), ocupaba desde hacía una semana el departamento 415 en el cuarto piso del hotel Palace, compuesto de tres recámaras, de las cuales, las dos más grandes a la derecha —el salón y el dormitorio principal— tenían vista a la avenida, y la otra, a la izquierda, que servía al secretario Chapman, daba a la calle Judée.

Junto a esta estancia, cinco habitaciones estaban reservadas para Mme. Kesselbach, quien debía salir de Montecarlo, donde actualmente se encontraba, y reunirse con su marido al primer aviso de este.

Durante unos minutos, Rudolf Kesselbach se paseó con

[1] La *Sûreté National* o *Sûreté*, era el cuerpo de detectives de la prefectura de policía de París [N. del T.].

aire ansioso. Era un hombre alto, de rostro colorado, aún joven, a quien unos ojos soñadores, cuyo azul claro se percibía a través de los lentes enmarcados en oro, daban una expresión de dulzura y timidez que contrastaba con la energía de la frente cuadrada y de la mandíbula angulosa.

Se dirigió a la ventana: estaba cerrada. Por lo demás, ¿cómo hubieran podido entrar por allí? El balcón privado que rodeaba el departamento se interrumpía a la derecha y a la izquierda estaba separado por una pared de piedra de los balcones de la calle Judée.

Pasó a su dormitorio, no tenía ninguna comunicación con las recámaras vecinas. Entró a la habitación de su secretario cuya puerta, que comunicaba con las cinco habitaciones reservadas para Mme. Kesselbach, estaba cerrada y con el cerrojo puesto.

—No comprendo nada, Chapman; ya van muchas veces que advierto cosas aquí... cosas extrañas, admitirá usted. Ayer fue mi bastón cambiado de lugar... Anteayer, con certeza tocaron mis papeles... sin embargo, ¿cómo sería posible?

—Es imposible, señor —exclamó Chapman, cuyo semblante plácido de hombre honesto no lo alteraba ninguna inquietud—. Usted supone, eso es todo; no tiene prueba alguna, nada más que impresiones. ¿Y cómo?, no se puede entrar en este departamento más que por la antesala... Ahora bien, usted mandó a hacer una llave especial el día de su llegada, y solo su criado Edwards tiene la copia. ¿Usted confía en él?

—¡Caramba! Desde hace diez años está a mi servicio... Pero Edwards almuerza al mismo tiempo que nosotros, y eso es un error. De ahora en adelante, no deberá bajar sino hasta después de nuestro regreso.

Chapman encogió ligeramente los hombros. Era evidente que el Amo del Cabo se estaba poniendo un poco raro con sus miedos inexplicables. ¿Qué riesgo se corre en un hotel, sobre todo cuando no se lleva encima ni se guarda cerca valor alguno, ninguna suma importante de dinero?

Oyeron que se abría la puerta del vestíbulo. Era Edwards. M. Kesselbach lo llamó.

—¿Tiene puesto su uniforme, Edwards? ¡Ah, bien! No espero visitas hoy, Edwards... o más bien sí, una visita, la de M. Gourel. Hasta entonces permanezca en el vestíbulo y vigile la puerta. M. Chapman y yo tenemos que trabajar seriamente.

El trabajo serio duró unos instantes durante los cuales M. Kesselbach examinó su correo, revisó tres o cuatro cartas e indicó las respuestas que se les debía dar. Pero, de repente, Chapman, que esperaba con la pluma en alto, percibió que M. Kesselbach pensaba en otra cosa y no en su correo.

Tenía entre sus dedos y miraba atentamente un alfiler negro doblado en forma de anzuelo.

—Chapman —dijo— vea lo que he encontrado sobre la mesa. Es evidente que este alfiler curvado significa algo. He aquí una prueba, un elemento de convicción. Y ya no puede usted seguir pretendiendo que no entraron en este salón. Porque, en fin, este alfiler no llegó aquí por sí solo.

—Claro que no —respondió el secretario—, lo traje yo.

—¿Cómo?

—Sí, es un alfiler que me sujetaba la corbata al cuello. Me lo quité anoche mientras usted leía y lo doblé mecánicamente.

M. Kesselbach se levantó muy molesto, dio algunos pasos y se detuvo.

—Se ríe usted, Chapman, sin duda, y tiene razón. No lo discuto, yo soy más bien excéntrico, desde mi último viaje a El Cabo. Es que... bueno... usted no sabe lo que hay de nuevo en mi vida... un proyecto formidable, una cosa enorme que aún veo solo entre las nieblas del porvenir, pero que está tomando forma y que será colosal. ¡Ah, Chapman!, no puede imaginarse. Del dinero me burlo, tengo... tengo demasiado... Pero esto es más, es poder, fuerza, autoridad. Si la realidad se conforma a lo que presiento, ya no seré solamente el Amo del Cabo, sino también el amo de otros reinos... Rudolf Kesselbach, el hijo del calderero de Augsburgo, caminará como un igual entre muchas personas que, hasta ahora, lo trataban con desdén. Incluso caminará entre ellos, Chapman, caminará entre ellos, esté seguro... y si alguna vez...

Se interrumpió. Miró a Chapman como si lamentara haber dicho demasiado, sin embargo, llevado por su impulso, concluyó:

—Usted comprende, Chapman, las razones de mi inquietud... Aquí, en este cerebro, hay una idea que vale mucho... y esta idea, quizá alguien la sospecha... y se me espía... tengo la convicción...

Sonó un timbre.

—El teléfono —dijo Chapman.

—Acaso, por casualidad será... —murmuró M. Kesselbach.

Tomó el auricular.

—¿Bueno...? ¿De parte de quién? ¿El coronel...? ¡Ah, pues bien! Sí, soy yo... ¿Hay novedades...? Perfecto... Entonces lo espero... ¿Vendrá con sus hombres? Perfecto... ¿Cómo? No, no nos molestarán... daré las órdenes necesarias... ¿Entonces es tan grave...? Le repito que la consigna será formal, mi secretario y mi criado vigilarán la puerta y nadie entrará. Usted conoce el camino, ¿no es así? Entonces, no pierda ni un solo minuto.

Colgó el auricular, y dijo:

—Chapman, vendrán dos señores... Sí, dos señores... Edwards los hará entrar...

—Pero M. Gourel el cabo...

—Llegará más tarde, en una hora. Y además, de todos modos pueden encontrarse. Dígale a Edwards que vaya ahora a la recepción y avise. No estoy para nadie salvo para dos señores, el coronel y su amigo, y para M. Gourel. Que anoten los nombres.

Chapman ejecutó la orden. Cuando regresó, encontró a M. Kesselbach con un sobre en la mano, o más bien un pequeño estuche de cuero negro, sin duda vacío, a juzgar por la apariencia. Él parecía dudar, como si no supiera qué hacer. ¿Iba a meterlo en su bolsillo o a ponerlo en otro lugar?

Por fin se acercó a la chimenea y arrojó el estuche de cuero en su bolsa de viaje.

—Acabemos con el correo, Chapman. Tenemos diez minutos. ¡Ah! Una carta de Mme. Kesselbach. ¿Por qué no me lo indicó, Chapman? ¿Acaso no reconoció la escritura?

No ocultaba la emoción que experimentaba al tocar y contemplar aquella hoja de papel que su esposa había tenido entre sus dedos y en la cual había puesto un poco de sus pensamientos secretos.

Aspiró su perfume y tras abrirla la leyó lentamente a media voz, en fragmentos que Chapman pudo escuchar:

«Un poco cansada... no dejo la habitación... me aburro... ¿Cuándo podré reunirme contigo? Tu telegrama será bienvenido...».

—¿Usted telegrafió esta mañana, Chapman? Por tanto, Mme. Kesselbach estará aquí mañana miércoles.

Parecía muy contento, como si el peso de sus asuntos se hubiera aligerado súbitamente y él se hubiera librado de toda inquietud. Se frotó las manos y respiró profundo, como un hombre fuerte, seguro de triunfar; un hombre satisfecho que poseía la felicidad y era capaz de defenderse.

—Llaman, Chapman, timbraron en el vestíbulo. Vaya a ver.

Pero Edwards entró y dijo:

—Dos caballeros preguntan por el señor. Son las personas...

—Ya sé. ¿Están en la antesala?

—Sí, señor.

—Cierre la puerta de la antesala y no vuelva a abrirla... salvo a M. Gourel, oficial de la *Sûreté*. Usted, Chapman, vaya a buscar a los señores y dígales que quisiera hablar primero con el coronel, a solas.

Edwards y Chapman salieron y cerraron tras ellos la puerta del salón. Rudolf Kesselbach se dirigió a la ventana y apoyó la frente contra el vidrio.

Afuera, por debajo de él, los carruajes y automóviles circulaban paralelos a la doble línea que marcaba la cuneta. Un claro sol de primavera hacía brillar sus cobres y barnices. En los árboles brotaba un poco de verdor y los capullos de los castaños empezaban a desplegar sus nacientes hojitas.

—¿Qué diablos hace, Chapman? —murmuró Kesselbach—. ¡Hace ya rato que está hablando!

Tomó un cigarrillo de la mesa y, tras encenderlo, dio unas bocanadas. Se le escapó un ligero grito. Junto a él, de pie, se hallaba un hombre a quien no conocía.

Dio un paso atrás.

—¿Quién es usted?

El hombre —un individuo correctamente vestido, más bien elegante, de cabello negro y bigote, con mirada dura— sonrió con sarcasmo.

—¿Quién soy? Pues el coronel...

—No, no, al que yo llamo así, el que me escribe bajo esta firma... convenida, no es usted.

—Sí, sí, el otro no era sino... Pero, vea usted, estimado señor, todo eso no tiene ninguna importancia. Lo esencial es que yo, soy... yo. Y le juro que lo soy.

—Pero, en fin, señor, ¿su nombre es?

—El coronel... hasta nueva orden.

Un miedo creciente invadía a M. Kesselbach. ¿Quién era ese hombre? ¿Qué quería de él? Llamó.

—¡Chapman!

—¡Qué divertida idea la de llamar! ¿Mi compañía no le basta?

—¡Chapman! —repitió M. Kesselbach—. ¡Chapman! ¡Edwards!

—¡Chapman! ¡Edwards! —dijo a su vez el desconocido—. ¿Qué pasa, amigos? Aquí los buscan.

—Señor, le ruego, le ordeno que me deje pasar.

—Pero, querido señor, ¿quién se lo impide?

Se hizo a un lado cortésmente. M. Kesselbach avanzó hasta la puerta, la abrió y bruscamente saltó hacia atrás. Delante de aquella puerta había otro hombre con pistola en mano.

Balbució:

—Edwards... Chap...

No acabó de pronunciar la palabra. Había percibido en un rincón de la antesala, tendidos uno junto al otro, amordazados y amarrados, a su secretario y a su criado.

M. Kesselbach, a pesar de su naturaleza inquieta e impresionable, era valiente; esto y la sensación de un peligro inminente, en lugar de abatirlo, le devolvieron toda su fuerza y su energía.

Despacio, simulando espanto y estupor, retrocedió hacia la chimenea y se apoyó contra la pared. Su dedo buscaba el timbre eléctrico. Lo encontró y lo presionó por largo rato.

—¿Y luego? —dijo el desconocido.

Sin responder, M. Kesselbach continuó presionando.

—¿Y luego? ¿Espera que vengan, que todo el hotel esté alarmado porque usted presionó ese botón? Pero, mi pobre señor, voltee y verá que el cable está cortado.

M. Kesselbach volteó enérgicamente, como si quisiera constatarlo, pero con un gesto rápido tomó su bolsa de viaje, hundió la mano, sacó un revólver, apuntó hacia el hombre y disparó.

—¡Caray! —exclamó el desconocido—. ¿Carga sus armas con aire y con silencio?

Una segunda vez el gatillo chasqueó y luego una tercera. No se produjo ninguna detonación.

—Quedan tres tiros, Amo del Cabo. No estaré contento hasta que tenga seis balas en el pecho. ¡Cómo! ¿Renuncia usted? Qué pena... el éxito se anunciaba.

Tomó una silla por el respaldo, la hizo girar, se sentó a horcajadas y señaló un sillón a M. Kesselbach:

—Tómese la molestia de tomar asiento, querido señor, y siéntase como en casa. ¿Un cigarrillo?

—Para mí, no. Yo prefiero los puros.

Había una caja sobre la mesa. Escogió un Upman dorado de excelente fabricación, lo encendió y se inclinó:

—Le agradezco, este puro está delicioso. Y ahora hablemos, ¿quiere?

Rudolf Kesselbach escuchaba con estupefacción. ¿Quién era ese extraño personaje? Sin embargo, al verlo tan tranquilo y tan locuaz, se calmó poco a poco y comenzó a creer que la situación podría resolverse sin violencia ni brutalidad.

Sacó de su bolsillo una billetera, la desplegó, mostró un fajo respetable de billetes y preguntó:

—¿Cuánto?

El otro lo miró con aire aturdido, como si le costara trabajo comprender. Luego, al cabo de un instante, llamó:

—¡Marco!

El hombre del revólver se acercó.

—Marco, el señor tiene la gentileza de ofrecerte estos papelitos para tu buena amiga. Acepta, Marco.

Sin dejar de empuñar la pistola con la mano derecha, Marco tendió la izquierda, cogió los billetes y se retiró.

—Resuelta esta cuestión según su deseo —prosiguió el desconocido—, vamos al motivo de mi visita. Seré breve y preciso. Quiero dos cosas: primero, un estuche de cuero negro que usted generalmente lleva encima. Después, una cajita de ébano que ayer todavía se encontraba en la bolsa de viaje. Procedamos en orden. ¿El estuche de cuero?

—Quemado.

El desconocido frunció el entrecejo. Debió tener una visión de los buenos tiempos en los que disponía de medios perentorios para hacer hablar a aquellos que se negaban.

—Bien. Ya veremos. ¿Y la cajita de ébano?

—Quemada.

—¡Ah! —gruñó—. Se burla de mí, buen hombre.

Le torció el brazo de forma implacable.

—Ayer, Rudolf Kesselbach, entró usted en el Crédit Lyonnais, sobre el Bulevar de los Italianos, disimulando un paquete bajo su abrigo. Alquiló allí una caja fuerte... precisemos: la caja número 16, bóveda 9. Después de haber firmado y pagado, bajó al subterráneo, y cuando subió ya no tenía el paquete. ¿Es cierto?

—Absolutamente.

—Entonces la cajita y el estuche están en el Crédit Lyonnais.

—No.

—Deme la llave de su caja fuerte.

—No.

—¡Marco!

Marco acudió.

—Anda, Marco, el nudo cuádruple.

Antes de que tuviera tiempo de defenderse, Rudolf Kesselbach fue atrapado en un juego de cuerdas que le lastimaban las carnes apenas intentaba forcejear. Tenía los brazos inmovilizados tras la espalda, el pecho atado al sillón y las piernas envueltas en vendas, como una momia.

—Registra, Marco.

Marco buscó. Dos minutos después le entregaba a su jefe una pequeña llave plana, niquelada, que llevaba los números 16 y 9.

—Perfecto. ¿Nada del estuche de cuero?

—No, patrón.

—Está en la caja fuerte. Señor Kesselbach, ¿podría decirme la contraseña que abre la cerradura?

—No.

—¿Se niega?

—Sí.

—¡Marco!

—¿Patrón?

—Pon el cañón de tu pistola en la sien del señor.

—Ya está.

—Apoya el dedo sobre el gatillo.

—Listo.

—Y bien, mi viejo Kesselbach: ¿estás decidido a hablar?

—No.

—Tienes diez segundos, ni uno más. Marco.

—¿Patrón?

—En diez segundos harás saltar el cerebro del señor.

—Entendido.

—Kesselbach, cuento: uno, dos, tres, cuatro, cinco, seis...

Rudolf Kesselbach hizo una seña.

—¿Quieres hablar?

—Sí.

—Ya era hora. Entonces... la contraseña de la cerradura...

—Dolor.

—Dolor... Dolor... ¿Mme. Kesselbach no se llama Dolores? Querido, vaya... Marco, harás lo que está convenido... Sin errores, ¿eh? Repito: vas a reunirte con Jérôme en la oficina de autobuses, le entregarás la llave y le dirás la contraseña: Dolor. Irás con él al Crédit Lyonnais. Jérôme entrará solo, firmará el registro de identidad, bajará a los subterráneos y traerá todo lo que encuentre en la caja fuerte. ¿Comprendido?

—Sí, patrón. Pero si por casualidad la caja no se abre, si la palabra «Dolor»...

—Silencio, Marco. Al salir del Crédit Lyonnais dejarás a Jérôme, regresarás a tu casa y me comunicarás el resultado de la operación. Si por casualidad la palabra «Dolor» no abre la caja, entonces mi amigo Kesselbach y yo tendremos una pequeña conversación extrema. Kesselbach, ¿estás seguro de no haberte equivocado?

—Sí.

—Entonces das por descontado que es inútil buscar aquí. Ya veremos eso. Andando, Marco.

—¿Y usted, patrón?

—Yo me quedo. ¡Oh! No temas. Jamás he corrido tan poco peligro. ¿No es así, Kesselbach? ¿La instrucciones son correctas?

—Sí.

—¡Diablos! Me dices eso con aire muy apurado. ¿Estás tratando de ganar tiempo? ¿Así que caeré en una trampa, como un idiota?

Reflexionó, miró a su prisionero y concluyó:

—No... no es posible... no nos molestarán...

No había acabado esa palabra cuando sonó el timbre del vestíbulo. Violentamente puso su mano sobre la boca de Rudolf Kesselbach.

—¡Ah!, viejo zorro, esperabas a alguien.

Los ojos del cautivo brillaron de esperanza.

Se le oyó reír con sarcasmo bajo la mano que lo asfixiaba. El hombre se estremeció de rabia.

—Cállate... si no, te estrangulo... Marco, amordázalo. Hazlo rápido... Bien.

Timbraron de nuevo. Gritó como si él fuera Rudolf Kesselbach y Edwards aún estuviera allí:

—Abre pues, Edwards.

Luego pasó sigilosamente al vestíbulo y, en voz baja, señalando al secretario y al criado, ordenó:

—Marco, ayúdame a llevarlos al dormitorio... allí... de modo que no se les pueda ver.

Él levantó al secretario; Marco llevó al criado.

—Bueno, ahora vuelve al salón.

Él lo siguió y, enseguida, pasando por segunda vez por el vestíbulo, dijo muy alto con tono de asombro:

—Pero su criado no está, señor Kesselbach... No, no se moleste... termine su carta... Iré yo...

Y tranquilamente abrió la puerta de entrada.

—¿M. Kesselbach? —le preguntaron.

Se encontró frente a una suerte de coloso, con rostro alargado y alegre, de ojos vivaces, que se balanceaba de una pierna a la otra y retorcía entre sus dedos los bordes del ala de su sombrero.

Respondió:

—Por supuesto, es aquí. ¿A quién debo anunciar?

—M. Kesselbach me llamó... me espera...

—¡Ah! Es usted... Voy a avisarle, ¿podría esperar un minuto...? M. Kesselbach hablará con usted...

Tuvo la audacia de dejar al visitante en el umbral de la antesala, en un lugar desde el cual podía verse por la puerta abierta una parte del salón. Lentamente, sin siquiera voltear, regresó, se reunió con su cómplice junto a M. Kesselbach y le dijo:

—Estamos atrapados. Es Gourel, de la *Sûreté.*

El otro empuñó su cuchillo. Él le sujetó el brazo.

—Nada de tonterías, ¿eh? Tengo una idea. Pero, por Dios, compréndeme bien, Marco, y habla a tu vez... habla *como si tú fueras Kesselbach...* ¿entiendes, Marco? Tú eres Kesselbach.

Se expresaba con tal sangre fría y una autoridad tan enérgica que Marco comprendió, sin más explicaciones, que debía representar el papel de Kesselbach y dijo, de modo que pudiera ser oído:

—Perdóneme, mi estimado. Diga a M. Gourel que lo siento, pero tengo demasiado por hacer... Lo recibiré mañana por la mañana a las nueve, sí, a las nueve en punto.

—Bien —replicó el otro—. No se mueva.

Regresó a la antesala donde Gourel esperaba. Le dijo:

—M. Kesselbach se disculpa. Está terminando un trabajo importante. ¿Le sería posible venir mañana a las nueve?

Hubo un silencio, Gourel pareció sorprendido y vagamente inquieto. En el fondo de su bolsillo, el puño del hombre se crispó. Un gesto equivocado y lanzaría un golpe.

Por fin, dijo Gourel:

–Sí... Mañana a las nueve, da igual... Pues bien, mañana sí, a las nueve estaré aquí...

Y, poniéndose el sombrero, se alejó por los pasillos del hotel.

Marco, en el salón, estalló en risas.

—Increíble, patrón. ¡Ay, lo engañó!

—Apúrate, Marco, lo seguirás. Si sale del hotel, déjalo, encuentra a Jérôme en los autobuses y llámame.

Marco se fue rápidamente.

Entonces, el hombre tomó la garrafa sobre la chimenea, se sirvió un gran vaso de agua que bebió de un trago; mojó un pañuelo, lo pasó por su frente cubierta de sudor, luego se sentó junto al prisionero y le dijo con afectada cortesía:

—Es preciso, señor Kesselbach, tener el honor de presentarme.

Y sacando una tarjeta del bolsillo, anunció:

—Arsène Lupin, caballero ladrón.

II

El nombre del célebre aventurero pareció causar a M. Kesselbach la mejor impresión. Lupin no dejó de notarlo y exclamó:

—¡Ah! ¡Ah! ¡Querido señor, ya respira! Arsène Lupin es un ladrón delicado, la sangre le repugna, jamás ha cometido otro crimen que el de apropiarse de los bienes ajenos... un pecadillo, ¿verdad?, y usted se dice que él no se cargará la conciencia con un asesinato inútil. De acuerdo... Pero su muerte ¿sería inútil? Allí radica todo. En este momento le juro que no bromeo. Vamos, camarada.

Acercó su silla al sillón, aflojó la mordaza del prisionero y claramente dijo:

—Señor Kesselbach, el mismo día de tu llegada a París, entraste en contacto con el tal Barbareux, director de una agencia de informaciones confidenciales, y como actuabas a espaldas de tu secretario Chapman, el señor Barbareux, cuando se comunicaba contigo por carta o por teléfono, se hacía llamar «el Coronel». Antes que nada, te digo que Barbareux es el hombre más honrado del mundo. Pero yo tengo la suerte de contar a uno de sus empleados entre mis mejores amigos. Es así como supe el motivo de tu gestión con Barbareux, y es así como me vi obligado a ocuparme de ti y a hacerte, gracias a mis llaves maestras, algunas visitas domiciliarias... en el curso de las cuales, ¡desgraciadamente!, no encontré lo que quería.

Bajó la voz, miró fijamente a su prisionero, escrutando su mirada, en busca de su pensamiento más profundo, dijo:

—Señor Kesselbach, has encargado a Barbareux encontrar en el bajo mundo de París a un hombre que lleva o ha llevado el nombre de Pierre Leduc, y he aquí una breve descripción: 1.75 m de estatura, rubio, con bigote. Seña particular: debido a una herida, le cortaron la punta del dedo meñique de la mano izquierda. Además, tiene una cicatriz tenue en la mejilla derecha. Pareces atribuir una importancia enorme a encontrar a este hombre, como si de ello pudieran resultar para ti beneficios considerables. ¿Quién es él?

—No lo sé.

La respuesta fue categórica, absoluta. ¿Lo sabía o no lo sabía? Poco importaba. Lo esencial era que estaba decidido a no hablar.

—Que así sea —dijo su adversario—. Pero, ¿tienes información más detallada sobre él, que la que hayas proporcionado a Barbareux?

—Ninguna.

—Mientes, M. Kesselbach. Dos veces, delante de Barbareux, has consultado los papeles que guardas en el estuche de cuero.

—En efecto.

—Entonces, ¿ese estuche...?

—Quemado.

Lupin tembló de ira. Evidentemente, la idea de la tortura y de las facilidades que ofrecía cruzó de nuevo por su mente.

—¿Quemado? Pero la cajita... entonces... ¿admites que se encuentra en el Crédit Lyonnais?

—Sí.

—¿Y qué contiene?

—Los doscientos diamantes más hermosos de mi colección particular.

Esta afirmación no pareció desagradar al aventurero.

—¡Ajá! ¡Los doscientos diamantes más hermosos! Pero, vamos, eso es una fortuna... Sí, eso te hace sonreír, para ti es poca cosa, y tu secreto vale más que eso... Para ti, sí, pero ¿para mí?

Tomó un cigarrillo, encendió un cerillo que dejó apagar mecánicamente y por un rato permaneció pensativo, inmóvil.

Los minutos pasaron.

Se echó a reír.

—¿Tú crees que la misión fracasará y que no abriremos la caja fuerte? Es posible, viejo. Pero entonces habría que pagarme las molestias. No he venido aquí para verte la cara que pones en un sillón... Los diamantes, pues ya que hay diamantes... O si no, el estuche de cuero... El dilema está planteado...

Consultó su reloj.

—¡Media hora...! ¡Diablos...! Hay que ayudar un poco al destino... Pero no te rías, señor Kesselbach. Te doy mi palabra de honor de que no me iré con las manos vacías... ¡Faltaba más!

Sonó el timbre del teléfono. Lupin tomó el auricular enseguida, y cambiando el tono de voz, imitando las entonaciones bruscas de su prisionero, dijo:

—Sí, soy yo, Rudolf Kesselbach... ¡Ah!, bien, señorita, comuníqueme. ¿Eres tú, Marco...? Perfecto... ¿Todo salió bien? Enhorabuena... ¿Nada de dificultades? Felicitaciones, muchacho. Entonces, ¿qué se recogió? La caja de ébano. ¿Ninguna otra cosa? ¿Algún papel? ¡Vaya, vaya! ¿Y en la caja? ¿Son hermosos esos diamantes...? ¡Perfecto, perfecto! Un minuto, Marco, déjame pensar en todo eso, sabes... si te dijera mi opinión... Espera, no te muevas, quédate al teléfono...

Volteó:

—Señor Kesselbach, ¿te importan tus diamantes?

—Sí.

—¿Me los comprarías?

—Quizá.

—¿Cuánto? ¿Quinientos mil?

—Quinientos mil... sí...

—Solamente que he aquí el problema... ¿Cómo se hará el intercambio? ¿Un cheque? No, tú me engañarías... o bien, te engañaría yo a ti. Escucha, pasado mañana por la mañana, en el Crédit Lyonnais, recoges tus quinientos mil en billetes y te vas a pasear al bosque, cerca de Auteuil. Yo tendré los diamantes en una bolsa, es más cómodo; la cajita se ve demasiado...

Kesselbach se sobresaltó:

—No, no. La cajita... Yo quiero todo.

—¡Ah! —dijo Lupin soltando una carcajada—. Caíste en la trampa... Los diamantes no te importan, se reemplazan... Pero la cajita te importa como tu vida. ¡Pues bien!, tendrás tu cajita, palabra de Arsène. La tendrás mañana por la mañana, enviada por paquetería.

Retomó el teléfono:

—¡Marco! ¿Tienes la caja a la vista? ¿Qué tiene de particular? Ébano incrustado de marfil... Sí, lo conozco... estilo japonés, suburbio de Saint-Antoine... ¿Alguna marca? ¡Ah! Una pequeña etiqueta redonda, bordeada de azul que lleva un número... sí... una indicación comercial... no importa. Y, ¿el fondo de la caja es grueso? No muy grueso... ¡Demonios! Entonces no tiene doble fondo. Mira, Marco, examina las incrustaciones de marfil en la parte superior... o mejor dicho..., no, la tapa.

Se regocijó.

—¡La tapa! Eso es, Marco. Kesselbach hizo una mueca... ¡Estamos cerca! ¡Ah! Mi viejo Kesselbach, ¿no viste que te observaba de reojo? ¡Maldito novato!

Y volviendo con Marco:

—¡Pues bien! ¿En qué estás? ¿Un espejo en el interior de la tapa? ¿Se desliza? ¿Tiene ranuras...? No... pues bien, rómpelo... Que sí, te digo que lo rompas... Ese espejo no tiene ninguna razón de estar allí... fue agregado...

Se impacientó:

—Imbécil... no te metas en lo que no te importa, obedece.

Debió escuchar el ruido que hacía Marco al otro lado del teléfono para romper el espejo, pues exclamó triunfante:

—¿Qué es lo que te decía, señor Kesselbach, que la caza sería buena...? ¿Ya está? ¿Pues bien...? ¿Una carta? ¡Victoria! ¡Todos los diamantes de El Cabo y el secreto de este caballero!

Descolgó el segundo auricular, acercó cuidadosamente ambos a sus oídos y continuó:

—Lee, Marco, lee despacio... Primero el sobre... Bien... Ahora repite.

Él mismo repitió:

«Copia de la carta contenida en el estuche de cuero negro».

—¿Y después? Rasga el sobre, Marco. Con su permiso, señor Kesselbach. Esto no es muy correcto, pero, en fin... Anda, Marco, M. Kesselbach te autoriza. ¿Ya está? Pues bien, lee.

Escuchó y luego agregó con ironía:

—¡Caray! Eso no es deslumbrante. Veamos, resumo: una simple hoja de papel doblada en cuatro, cuyos dobleces parecen nuevos... Bien... En alto y a la derecha de esa hoja estas palabras: «un metro setenta y cinco, dedo meñique izquierdo cortado», etcétera... Sí, esa es la descripción del señor Pierre Leduc. Escrito por Kesselbach, ¿no es así...? Bien... Y en medio de la hoja esta palabra en letras mayúsculas:

APOON

Marco, hijo, dejarás ese papel tranquilo, no tocarás la caja ni los diamantes. En diez minutos habré acabado con este caballero. En veinte minutos estaré contigo... ¡Ah!, a propósito, ¿me has enviado el auto? Perfecto. Hasta luego.

Devolvió el teléfono a su lugar, pasó al vestíbulo, luego al dormitorio, se aseguró de que el secretario y el criado no hubieran aflojado sus ataduras y que, por lo demás, no corrieran el riesgo de ser asfixiados por sus mordazas y regresó junto a su prisionero.

Tenía una expresión resuelta, implacable.

—Ya basta de burlas, Kesselbach. Si no hablas, peor para ti. ¿Ya te decidiste?

—¿A qué?

—Nada de tonterías. Di lo que sabes.

—No sé nada.

—Mientes. ¿Qué significa esa palabra *apoon*?

—Si lo supiera, no la habría escrito.

—De acuerdo; pero, ¿a qué se refiere? ¿De dónde la copiaste? ¿De dónde vino?

M. Kesselbach no respondió. Lupin continuó más nervioso, más implacable:

—Escucha, Kesselbach, te haré una propuesta. Por muy rico y gran señor que seas, entre tú y yo no hay tanta diferencia. El hijo del calderero de Augsburgo y Arsène Lupin, príncipe de los ladrones, pueden entenderse sin que ninguno sienta vergüenza. Yo robo en departamentos; tú robas en la Bolsa. Es lo mismo. Entonces, vamos, Kesselbach. Asociémonos en este negocio. Yo te necesito porque lo ignoro. Tú me necesitas porque solo no lo lograrás. Barbareux es un tonto. Yo... yo soy Lupin. ¿Coincides?

Silencio. Lupin insistió con voz temblorosa:

—Responde, Kesselbach. ¿Coincides? Si dices sí, en cuarenta y ocho horas te lo encuentro, a tu Pierre Leduc. Porque se trata, en efecto, de él, ¿verdad? ¿Ese es el asunto? Pero, ¡responde, pues! ¿Quién es ese individuo? ¿Por qué lo buscas? ¿Qué sabes de él?

Se calmó súbitamente, puso la mano sobre el hombro del alemán y con tono seco añadió:

—Solo una palabra: ¿sí o no?

—No.

Sacó del bolsillo de Kesselbach un magnífico cronómetro de oro y lo puso sobre las rodillas del prisionero. Desabotonó el chaleco de Kesselbach, le abrió la camisa, desnudó el pecho y, tomando un estilete de acero con el mango niquelado de oro que se encontraba cerca de él sobre la mesa, puso la punta en el lugar donde los latidos del corazón hacían palpitar la carne desnuda.

—Una última vez...

—No.

—Señor Kesselbach, faltan ocho minutos para que den las tres. Si dentro de ocho minutos no ha respondido, usted está muerto.

III

A la mañana siguiente, a la hora exacta que le había sido fijada, el oficial Gourel se presentó en el hotel Palace.

Sin detenerse, ignoró el ascensor y subió las escaleras. En el cuarto piso dobló a la derecha, siguió el pasillo y tocó la puerta del 415. No se oyó ruido alguno. Tocó de nuevo. Después de media docena de intentos infructuosos, se dirigió a la oficina del piso. Allí encontró a un mayordomo:

—Busco a M. Kesselbach. He tocado diez veces.

—M. Kesselbach no durmió allí. No lo hemos visto desde ayer por la tarde.

—Pero, ¿y su criado y su secretario?

—Tampoco los hemos visto.

—Entonces, ¿ellos tampoco durmieron en el hotel?

—Es posible.

—¡Es posible! Pero debería estar seguro.

—¿Por qué? Aquí, M. Kesselbach no está en un hotel, está en su casa, en su departamento particular. El servicio no se lo brindamos nosotros, sino su criado y no sabemos nada de lo que pasa en su casa.

—En efecto... en efecto...

Gourel parecía muy perturbado. Había venido con órdenes formales, una misión precisa; podía usar su inteligencia solo dentro de ciertos límites, fuera de los cuales no sabía cómo proceder.

—Si el jefe estuviera aquí... —murmuró—. Si el jefe estuviera aquí...

Mostró su tarjeta y enumeró sus títulos. Luego preguntó, por si acaso:

—Entonces, ¿no los ha visto entrar?

—No.

—Pero, ¿los vio salir?

—Tampoco.

—En ese caso, ¿cómo sabe que salieron?

—Por un señor que vino ayer por la tarde al 415.

—Vamos a ver. ¿Un señor de bigote negro?

—Sí. Lo encontré cuando se marchaba, a eso de las tres. Me dijo: «Las personas del 415 acaban de salir. M. Kesselbach dormirá esta noche en Versalles, en el Réservoirs, adonde puede enviarle su correo».

—Pero, ¿quién era ese señor? ¿A título de qué hablaba?

—Lo ignoro.

Gourel se inquietó. Todo aquello le parecía muy extraño.

—¿Tiene la llave?

—No. M. Kesselbach mandó hacer llaves especiales.

—Vamos a ver.

Gourel volvió a tocar con fuerza. Nada. Se disponía a partir cuando, de pronto, se agachó y pegó la oreja al orificio de la cerradura.

—Escuche... se diría que... Pero sí... es muy claro... quejidos... gemidos...

Le dio un fuerte puñetazo a la puerta.

—Pero, señor, usted no tiene derecho...

—¿No tengo derecho?

Golpeó con fuerza redoblada, pero fue en vano y enseguida renunció.

—Rápido, rápido, un cerrajero.

Uno de los mozos del hotel se alejó corriendo. Gourel iba

y venía, enardecido e indeciso. Los empleados de otros pisos formaron grupos. Llegó gente de la oficina y de la dirección. Gourel exclamó:

—Pero, ¿por qué no entramos por las habitaciones contiguas? ¿Comunican con el departamento?

—Sí, pero las puertas de comunicación siempre están con cerrojo por ambos lados.

—Entonces llamaré a la *Sûreté* —dijo Gourel, para quien visiblemente no había más solución que consultar a su jefe.

—Y a la comisaría —agregó alguien.

—Sí, si gusta —respondió él con el tono de una persona a quien ese formalismo le interesaba poco.

Cuando volvió de llamar, el cerrajero terminaba de probar sus llaves. La última hizo funcionar la cerradura. Gourel entró rápidamente.

Enseguida corrió al lugar de donde provenían los gemidos y se tropezó con los cuerpos del secretario Chapman y del criado Edwards. Uno de ellos, Chapman, a fuerza de paciencia, había logrado aflojar un poco su mordaza y lanzaba pequeños gruñidos sordos. El otro parecía dormir.

Los liberaron. Gourel se inquietó:

—¿Y M. Kesselbach?

Pasó al salón.

M. Kesselbach estaba sentado y amarrado al respaldo del sillón junto a la mesa. Su cabeza estaba inclinada sobre el pecho.

—Está desmayado —dijo Gourel, acercándose a él—. Debió hacer esfuerzos que lo extenuaron.

Rápidamente cortó las cuerdas que sujetaban sus hombros. Como un bloque, el busto se desplomó hacia adelante. Gourel sujetó el cuerpo, pero retrocedió lanzando un grito de espanto:

—Pero, ¡si está muerto! Sienta las manos... están heladas... y ¡mire los ojos!

Alguien se aventuró a decir:

—Una apoplejía, sin duda... o una rotura de aneurisma...

—En efecto, no hay huellas de heridas... es una muerte natural.

Tendieron el cadáver sobre el sofá y le quitaron la ropa. Pero, enseguida, sobre la camisa blanca aparecieron manchas rojas, y al retirarla se descubrió que, a la altura del corazón, el pecho tenía una pequeña incisión por la que fluía un fino hilo de sangre.

Sobre la camisa, sujeta con un alfiler, había una tarjeta.

Gourel se inclinó. Era la tarjeta de Arsène Lupin, también ensangrentada.

Entonces, Gourel se incorporó autoritario y brusco:

—¡Un crimen...! ¡Arsène Lupin! Que todos salgan... que salgan... Que no quede nadie en el salón ni en el dormitorio... ¡Que trasladen y atiendan a esos señores en otra habitación! Que todos salgan... Y que no se toque nada... *¡El jefe va a venir!*

IV

¡Arsène Lupin!

Gourel repetía esas dos palabras fatídicas con un aire absolutamente petrificado. Resonaron en él como una sentencia de muerte. ¡Arsène Lupin! ¡El rey de los bandidos! ¡El aventurero supremo! Veamos, ¿era posible?

—Pero no... pero no —murmuraba él—. No es posible... *¡porque está muerto!*

Solo que... ¿estaba realmente muerto?

¡Arsène Lupin!

De pie, junto al cadáver, permanecía estupefacto, aturdido, manipulando la tarjeta en su mano con algo de miedo, como si acabara de recibir la provocación de un fantasma. ¡Arsène Lupin! ¿Qué iba a hacer él? ¿Enfrentar la batalla con sus propios recursos...? No, no... Más valía no actuar... Los errores serían inevitables si aceptaba el desafío de tal adversario. Y, además, ¿no estaba por venir el jefe?

¡El jefe va a venir! Toda la psicología de Gourel se resumía en esa pequeña frase. Hábil y perseverante, lleno de valor y de experiencia, de fuerza hercúlea, era uno de los que avanzan solo cuando se les indica y hacen un buen trabajo solo cuando se les ordena.

¡Cuánto se había agravado esa falta de iniciativa desde que M. Lenormand había ocupado el puesto de M. Dudouis al servicio de la *Sûreté*! M. Lenormand, ¡ese era un jefe! ¡Con él se estaba seguro de ir por el camino correcto! Tan seguro, incluso, que Gourel se detenía apenas su jefe no lo apoyaba.

¡Pero el jefe iba a venir! En su reloj, Gourel calculaba la hora exacta de su llegada. Siempre y cuando el comisario de policía no se le adelantara y el juez de instrucción, ya designado sin duda, o el médico forense, no vinieran a realizar comprobaciones inoportunas antes de que el jefe tuviera tiempo de grabar en su mente los puntos esenciales del asunto.

—Y bien, Gourel, ¿con qué estás soñando?

—¡El jefe!

M. Lenormand era un hombre aún joven, si se consideraba la expresión de su rostro y sus ojos brillantes detrás de los lentes; pero era casi un viejo si se observaba su espalda encorvada, su piel seca, amarillenta como la cera, su barba y cabello canosos, todo su aspecto quebradizo, vacilante y enfermizo.

Penosamente, había pasado su vida en las colonias como comisario del gobierno en los puestos más peligrosos. Ahí, además de fiebres, había adquirido una indomable energía a pesar de su debilidad física, la costumbre de vivir solo, de hablar poco y de actuar en silencio y una cierta misantropía;

y, de pronto, a los cincuenta y cinco años, como consecuencia del famoso asunto de los tres españoles de Biskra, ganó una justa y gran notoriedad. Se reparó entonces la injusticia y se le asignó a Burdeos, luego, subjefe en París, a la muerte de M. Dudouis, jefe de la *Sûreté*. Y en cada uno de esos puestos había demostrado una inventiva tan particular en los procedimientos, con tantos recursos, cualidades tan novedosas, tan originales y, sobre todo, había alcanzado resultados tan precisos en la conducción de los cuatro o cinco últimos escándalos que habían apasionado a la opinión pública, que su nombre se comparaba con el de los más ilustres policías.

Gourel, por su parte, no dudaba. Favorito del jefe, quien lo apreciaba por su candidez y obediencia pasiva, ponía a M. Lenormand por encima de todos. Era el ídolo, el dios que no se equivoca.

Ese día, M. Lenormand parecía especialmente fatigado. Se sentó desanimado, extendió los faldones de su levita, una vieja levita célebre por su corte anticuado y por su color verde oliva, se aflojó la bufanda marrón, igualmente famosa, y murmuró:

—Habla.

Gourel relató todo cuanto había visto y lo que había averiguado y lo relató en forma resumida, según la costumbre que el jefe le había impuesto.

Pero cuando mostró la tarjeta de Lupin, M. Lenormand se estremeció.

—¡Lupin! —exclamó.

—Sí, Lupin; vuelve a aparecer ese animal.

—Tanto mejor, tanto mejor —dijo M. Lenormand después de un instante de reflexión.

—Evidentemente, tanto mejor —replicó Gourel, a quien le gustaba comentar las escasas palabras de un superior al que no le reprochaba más que ser muy poco locuaz—. Tanto mejor, pues al fin va a medirse con un adversario digno de usted. Y Lupin encontrará a su amo... Lupin ya no existirá... Lupin...

—Busca —dijo M. Lenormand, interrumpiendo sus palabras.

Se podría decir que era la orden de un cazador a su perro. Y de hecho, como un buen perro, vivaz, inteligente e inquisidor, Gourel se puso a buscar bajo la mirada de su amo. Con la punta de su bastón, M. Lenormand señalaba un rincón, un sillón, como se señala con una conciencia minuciosa un matorral o una maleza.

—Nada —concluyó el oficial.

—Nada para ti —gruñó M. Lenormand.

—Eso es lo que quise decir... Sé que para usted hay cosas que hablarán como personas, verdaderos testigos. Eso no impide que tengamos aquí un asesinato evidente en el activo del señor Lupin.

—El primero —observó M. Lenormand.

—El primero, en efecto... Pero era inevitable. No se lleva esa vida sin que un día u otro las circunstancias te obliguen a cometer un crimen; M. Kesselbach se habrá defendido...

—No, porque estaba atado.

—En efecto —reconoció Gourel, desconcertado—, y por eso mismo es muy curioso. ¿Por qué matar a un adversario que no es tal? Pero no importa, si lo hubiera tomado del cuello cuando nos encontramos cara a cara en aquel umbral del vestíbulo...

M. Lenormand había pasado al balcón. Luego visitó el dormitorio de M. Kesselbach a la derecha y verificó los cerrojos de ventanas y puertas.

—Las ventanas de esas dos habitaciones estaban cerradas cuando entré —afirmó Gourel.

—¿Cerradas o emparejadas?

—Aquí nadie ha tocado nada. Y están cerradas, jefe...

Un ruido de voces los atrajo al salón. Allí encontraron al médico forense que examinaba al cadáver y a M. Formerie, juez de instrucción.

M. Formerie exclamó:

—¡Arsène Lupin! ¡Finalmente!, estoy feliz de que una oportunidad propicia me vuelva a poner cara a cara con este bandido. ¡El tipo verá de qué estoy hecho! ¡Y esta vez se trata de un asesino! ¡Nos veremos, señor Lupin!

M. Formerie no había olvidado la extraña aventura de la diadema de la princesa de Lamballe[2] y la forma admirable en que Lupin lo había engañado unos años antes. El asunto era célebre en los anales del palacio. Aún se reían de ello y M. Formerie, por su parte, conservaba un justo sentimiento de rencor y el deseo de obtener una revancha aplastante.

—El crimen es evidente —pronunció el juez con aire convencido—. El móvil nos será fácil de descubrir. Entonces, todo va bien, señor Lenormand, lo saludo... y estoy encantado.

M. Formerie no estaba, para nada, encantado. Por el contrario, la presencia de M. Lenormand le agradaba muy poco; el jefe de la *Sûreté* no disimulaba en absoluto el desprecio que sentía por él.

Sin embargo, se irguió y, solemne, dijo:

—¿Entonces, doctor, estima que la muerte se remonta a una docena de horas aproximadamente, quizá más? Es lo que supongo... Estamos completamente de acuerdo... ¿Y el arma del crimen?

—Un cuchillo de hoja muy fina, señor juez de instrucción —respondió el médico—. Vea, se limpió la hoja con el propio pañuelo del muerto.

[2] *Arsène Lupin*, obra en cuatro actos, Eds. Pierre Laffite et Cie. Un vol. 3 fr. 50.

—En efecto... en efecto... la huella es visible... Y ahora vamos a interrogar al secretario y al criado de M. Kesselbach. No dudo que el interrogatorio nos proporcionará algo de luz.

Así como Edwards, Chapman, a quien habían trasladado a su propia habitación a la izquierda del salón, ya se había recuperado de la terrible experiencia.

Expuso detalladamente los hechos de la víspera, las inquietudes de M. Kesselbach, la visita anunciada del supuesto coronel y, finalmente, relató la agresión de la que habían sido víctimas.

—¡Ah, ah! —exclamó M. Formerie—. ¡Hay un cómplice! Y usted oyó su nombre... Marco, dice... Esto es muy importante. Cuando tengamos al cómplice, la tarea habrá avanzado.

—Sí, pero no lo tenemos —aventuró M. Lenormand.

—Lo tendremos... Cada cosa a su tiempo. Y entonces, señor Chapman, ¿ese Marco se marchó inmediatamente después de que M. Gourel timbró?

—Sí, lo escuchamos partir.

—Y luego de su partida, ¿oyeron algo más?

—Sí... De cuando en cuando, pero vagamente... La puerta estaba cerrada.

—¿Y qué clase de ruido?

—Sonido de voces. El individuo...

—Llámele por su nombre: Arsène Lupin.

—Arsène Lupin debió llamar por teléfono.

—Perfecto. Interrogaremos a la persona del hotel encargada del servicio de comunicaciones con la ciudad. Y más tarde, ¿lo escuchó salir también a él?

—Se aseguró de que estuviéramos bien amarrados y un cuarto de hora después se marchó, cerrando tras él la puerta del vestíbulo.

—Sí, apenas cometió su fechoría. Perfecto... Perfecto... Todo concuerda... ¿Y luego?

—Después de eso ya no oímos nada más. La noche pasó... la fatiga me adormeció... a Edwards igualmente. No fue sino hasta esta mañana...

—Sí, ya sé. Entonces, no vamos mal... todo concuerda...

Y, marcando las etapas de su investigación con el tono con que habría marcado otras tantas victorias sobre el desconocido, murmuró pensativo:

—El cómplice... el teléfono... la hora del crimen... los ruidos percibidos... Bien... Muy bien... Nos queda determinar el móvil del crimen. En este caso, como se trata de Lupin, el motivo está claro. M. Lenormand, ¿no ha observado la menor huella de robo?

—No, ninguna.

—Entonces el robo se efectuó sobre la propia persona de la víctima. ¿Se ha encontrado su cartera?

—La dejé en el bolsillo de su saco —dijo Gourel.

Pasaron todos al salón, donde M. Formerie comprobó que la cartera no contenía más que tarjetas de presentación y documentos de identidad.

—Esto es extraño. M. Chapman, ¿podría decirnos si M. Kesselbach tenía consigo una suma de dinero?

—Sí, la víspera, es decir, anteayer lunes fuimos al Crédit Lyonnais, donde M. Kesselbach alquiló una caja de seguridad.

—¿Una caja de seguridad en el Crédit Lyonnais? Bien... habrá que ver por ese lado.

—Y antes de partir, M. Kesselbach abrió una cuenta y se llevó cinco mil o seis mil francos en billetes.

—Perfecto... eso nos aclara algo.

Chapman prosiguió:

—Hay otro punto, señor juez de instrucción. M. Kesselbach estaba muy inquieto desde hacía unos días. Ya he dicho la causa... un proyecto al cual le atribuía una importancia extrema. M. Kesselbach parecía interesado particularmente en dos cosas: primero, una cajita de ébano, y esa cajita la dejó resguardada en el Crédit Lyonnais, y segundo, un pequeño estuche de cuero negro en el que guardaba algunos papeles.

—¿Y ese estuche?

—Antes de que llegara Lupin lo depositó delante de mí en esta bolsa de viaje.

M. Formerie tomó la bolsa y rebuscó. El estuche no estaba. Se frotó las manos.

—¡Vamos! Todo se encadena... Conocemos al culpable, las condiciones y el móvil del crimen. Este caso no se prolongará. ¿Estamos de acuerdo en todo, señor Lenormand?

—En nada.

Hubo un instante de estupefacción. Había llegado el comisario de policía y, tras él, a pesar de los agentes que vigilaban la puerta, la multitud de periodistas y personal del hotel forzaron la entrada y estaban apostados en la antesala.

Tan notoria fue la descortesía del hombre —que no carecía de cierta rudeza y que le había valido ya algunas reprimendas en las altas esferas—, que la brusquedad de su respuesta desconcertó a todos. M. Formerie, en especial, pareció sorprendido.

—Sin embargo, no veo nada más que algo muy simple: Lupin es el ladrón.

—¿Por qué mató? —le replicó M. Lenormand.

—Para robar.

—¡Perdón! Pero el relato de los testigos prueba que el robo tuvo lugar antes del asesinato. M. Kesselbach fue primero atado y amordazado, luego robado. ¿Por qué Lupin, que hasta ahora no ha cometido jamás un asesinato, iba a matar a un hombre sometido y ya despojado?

El juez de instrucción se acarició las largas patillas rubias con un gesto que le era familiar cuando una cuestión le parecía insoluble. Respondió con tono pensativo:

—Para eso hay varias respuestas...

—¿Cuáles?

—Eso depende de un cúmulo de elementos aún desconocidos. Y además, en todo caso, la observación solo es válida en cuanto a la naturaleza de los motivos. Por lo demás, estamos de acuerdo.

—No.

También esta vez fue claro, cortante, casi maleducado, al punto de que el juez, completamente desamparado, no se atrevió siquiera a protestar, y se quedó boquiabierto frente a aquel extraño colaborador. Al fin dijo:

—Cada quien su método. Yo siento curiosidad por conocer el suyo.

—No tengo.

El jefe de la *Sûreté* se levantó y dio algunos pasos por el salón, apoyándose en su bastón. En torno a él todos callaban... y era bastante curioso ver a este hombre viejo, enfermizo y quebrantado dominar a los demás por la fuerza de una autoridad a la que uno se sometía sin aceptarla aún.

Después de un largo silencio, pronunció:

—Quisiera visitar las habitaciones contiguas a este departamento.

El director le mostró el plano del hotel. La habitación de la derecha, la de M. Kesselbach, no tenía otra salida más que el propio vestíbulo del departamento, pero la habitación de la izquierda, la del secretario, comunicaba con otra.

—Visitémosla —dijo.

M. Formerie no pudo evitar encogerse de hombros y murmurar:

—Pero la puerta de comunicación está con cerrojo y la ventana cerrada.

—Visitémosla —repitió M. Lenormand.

Se le condujo a la estancia, la primera de cinco habitaciones reservadas para Mme. Kesselbach. Después, a petición suya, se le condujo a las habitaciones que seguían. Todas las puertas de comunicación tenían el cerrojo por ambos lados.

Preguntó:

—¿Ninguna de estas recámaras está ocupada?

—Ninguna.

—¿Las llaves?

—Las llaves están siempre en la oficina.

—Entonces, ¿nadie podía entrar?

—Nadie, salvo el mozo del piso encargado de ventilar y desempolvar.

—Hágalo venir.

El criado, un tal Gustave Beudot, declaró que la víspera, según las órdenes que recibió, había cerrado las ventanas de las cinco habitaciones.

—¿A qué hora?

—A las seis de la tarde.

—¿Y no observó nada?

—No, nada.

—¿Y esta mañana?

—Esta mañana abrí las ventanas en cuanto dieron las ocho.

—¿Y no encontró nada?

—No, nada... ¡Ah! No obstante...

Dudó. Se le presionó con preguntas y acabó por confesar:

—Pues bien, recogí cerca de la chimenea del 420 una cigarrera que pensaba llevar esta noche a la oficina.

—¿La tiene consigo?

—No, está en mi habitación. Es un estuche de acero bruñido. Por un lado se mete tabaco y papel de cigarrillos y, en el otro, los cerillos. Tiene dos iniciales en oro... Una L y una M.

—¿Qué dice usted?

Era Chapman quien se había acercado. Parecía muy sorprendido. Interpeló al criado.

—¿Un estuche de acero bruñido, dice usted?

—Sí.

—¿Con tres compartimientos para el tabaco, el papel y los cerillos... de tabaco ruso, no es así, fino, claro?

—Sí.

—Vaya a buscarla... Quiero verla... darme cuenta por mí mismo...

A la señal del jefe de la *Sûreté*, Gustave Beudot se alejó.

M. Lenormand se había sentado, y con la mirada aguda examinaba la alfombra, los muebles y las cortinas. Preguntó:

—¿Estamos en el 420?

—Sí.

El juez se rio y dijo despectivamente:

—Quisiera saber qué relación establece usted entre este incidente y la tragedia. Cinco puertas cerradas nos separan de la habitación donde Kesselbach fue asesinado.

M. Lenormand no se dignó a responder.

El tiempo pasó. Gustave no regresaba.

—¿Dónde duerme él, señor director? —preguntó el jefe.

—En el sexto, sobre la calle de Judée, arriba de nosotros. Es raro que aún no esté aquí.

—¿Quiere tener la bondad de mandar a alguien?

El director fue en persona, acompañado de Chapman. Minutos después volvió solo, corriendo y con el rostro desencajado.

—¿Y bien?

—Muerto.

—¿Asesinado?

—Sí.

—¡Ah, rayos! ¡Estos miserables no se andan con rodeos! —profirió M. Lenormand—. ¡Rápido, Gourel, que cierren las puertas del hotel! ¡Vigila las salidas! Y usted, señor director, condúzcanos a la habitación de Gustave Beudot.

El director salió. Pero al momento de dejar la estancia, M. Lenormand se agachó y recogió un pequeño círculo de papel que había llamado su atención.

Era una etiqueta enmarcada en azul. Llevaba el número 813. Por si acaso, lo guardó en su cartera y se unió a las demás personas.

V

Una herida fina en la espalda, entre los omóplatos...

El médico declaró:

—Exactamente la misma herida que la de M. Kesselbach.

—Sí —dijo M. Lenormand—, es la misma mano la que atacó y es la misma arma la que se usó.

Por la posición del cadáver, el hombre había sido sorprendido de rodillas junto a su cama, buscando bajo el colchón la cigarrera que había ocultado allí. El brazo estaba aún aprisionado entre el colchón y la base, pero no encontraron el estuche.

—Ese objeto debe ser endiabladamente comprometedor —insinuó M. Formerie, que ya no se atrevía a dar una opinión muy precisa.

—¡Caray! —dijo el jefe de la *Sûreté*.

—Pero conocemos las iniciales, una L y una M. Y con esto, según lo que M. Chapman parece saber, estaremos fácilmente informados.

M. Lenormand se sobresaltó:

—¡Chapman! ¿Dónde está?

Buscaron en el pasillo entre los grupos de personas congregadas. Chapman no estaba allí.

—M. Chapman me acompañó —dijo el director.

—Sí, sí, lo sé; pero no volvió a bajar con usted.

—No, lo dejé junto al cadáver.

—¡Usted lo dejó! ¿Solo?

—Le dije: «Quédese, no se mueva».

—¿Y no había nadie más? ¿No vio a nadie?

—En el pasillo, no.

—Pero en las habitaciones vecinas... o bien, vea, en esa esquina, ¿no se ocultaba nadie?

M. Lenormand parecía muy agitado. Iba, venía, abría las puertas de las habitaciones. Y de pronto salió corriendo con una agilidad de la que no se le hubiera creído capaz.

Bajó los seis pisos dando tumbos, seguido de lejos por el director y el juez de instrucción. Abajo encontró a Gourel frente a la puerta principal.

—¿No salió nadie?

—Nadie.

—¿Por la otra puerta, en la calle Orvieto?

—Allí puse de guardia a Dieuzy.

—¿Con órdenes formales?

—Sí, jefe.

En el gran vestíbulo del hotel, la multitud de viajeros se apretujaba con inquietud, comentando las versiones más o menos exactas que les habían llegado sobre el crimen. Todos los empleados, convocados por teléfono, llegaron uno a uno. M. Lenormand los interrogó de inmediato.

Ninguno pudo dar la menor información, hasta que se presentó una camarera del quinto piso. Diez minutos antes, quizá, se había cruzado con dos señores que bajaban por la escalera de servicio entre el quinto y el cuarto piso.

—Bajaban muy rápido. El primero llevaba al otro de la mano. Me sorprendió ver a esos dos señores por la escalera de servicio.

—¿Podría reconocerlos?

—Al primero, no. Volteó la cabeza. Es delgado, rubio... Llevaba un sombrero blando negro y ropa negra.

—¿Y el otro?

—¡Ah! El otro era un inglés de rostro grueso y rasurado con traje a cuadros, sin sombrero.

La descripción correspondía en todo a Chapman. La mujer agregó:

—Tenía un aire raro... como si estuviera loco.

La declaración de Gourel no le bastó a M. Lenormand. Interrogó sucesivamente a los botones de servicio que estaban apostados en las dos puertas.

—¿Conoce a M. Chapman?

—Sí, señor, siempre habla con nosotros.

—¿Y no lo vio salir?

—Por aquí no. No ha salido esta mañana.

M. Lenormand se volvió hacia el comisario de policía:

—¿Cuántos hombres tiene aquí, señor comisario?

—Cuatro.

—No son suficientes. Llame a su secretario para que le envíe a todos los hombres disponibles y organice usted mismo la más estrecha vigilancia de todas las salidas. Es un estado de emergencia, comisario.

—Pero, por Dios —protestó el director—, mis clientes...

—No me importan sus clientes, señor. Mi deber es lo primero, y mi deber es arrestar, cueste lo que cueste...

—¿Entonces usted cree...? —aventuró el juez de instrucción.

—Yo no creo, señor; estoy seguro de que el autor del doble asesinato se encuentra todavía dentro del hotel.

—Pero entonces, Chapman...

—A estas horas no puedo garantizar que Chapman esté todavía vivo. En todo caso, eso es una cuestión de minutos, de segundos... Gourel, lleva dos hombres y registra todas las habitaciones del cuarto piso... Señor director, uno de sus empleados los acompañará. A los otros pisos iré cuando recibamos refuerzos. Vamos, Gourel, a la caza, abre los ojos, la presa es grande...

Gourel y sus hombres se apresuraron. M. Lenormand permaneció en el vestíbulo, cerca de las oficinas del hotel. Caminaba de la entrada principal a la entrada de la calle Orvieto y volvía a su punto de partida. De cuando en cuando daba órdenes:

—Señor director, que vigilen las cocinas, podrían escapar por allí... Señor director, dígale a la señorita del teléfono que no comunique a ninguna de las personas del hotel que quieran hablar al exterior. Si les hablan de la ciudad, que comunique con la persona solicitada, pero que tome nota del nombre de esa persona... Señor director, mande a elaborar la lista de sus clientes cuyo nombre comience con una L o una M.

Decía todo eso en voz alta, como un general del ejército que da a sus tenientes las órdenes de las que dependerá el resultado de la batalla.

Y era de verdad una batalla implacable y terrible la que se desarrollaba dentro del elegante ambiente de un palacio parisino, entre el poderoso personaje que es un jefe de la *Sûreté* y ese misterioso individuo perseguido, acorralado, ya casi cautivo, pero de una astucia y un salvajismo formidables.

La angustia oprimía el corazón de los espectadores, agrupados en el centro del vestíbulo, silenciosos y agitados, se estremecían de miedo al menor ruido, obsesionados por la imagen infernal del asesino. ¿Dónde se escondía? ¿Aparecería? ¿No estaría acaso entre ellos? ¿Aquel, quizá? ¿O ese otro?

Los nervios se hallaban tan tensos que, en un arrebato de rebeldía, habrían forzado las puertas y llegado a la calle, de no ser porque el *maître* estaba allí... su presencia tenía algo que tranquilizaba y calmaba. Se sentían seguros, como pasajeros de un barco dirigido por un buen capitán.

Y todas las miradas se dirigían a aquel viejo señor de anteojos y cabello gris, con levita verde oliva y bufanda marrón que caminaba con la espalda arqueada y las piernas tambaleantes.

A veces venía corriendo, enviado por Gourel, uno de los muchachos que seguía la investigación del oficial.

—¿Alguna novedad? —preguntaba M. Lenormand.

—Nada, señor, no encontramos nada.

En dos ocasiones, el director trató de aligerar las órdenes. La situación era intolerable. En las oficinas protestaban varios viajeros que debían atender sus asuntos o que estaban a punto de partir.

—No me importa —repetía M. Lenormand.

—Pero los conozco a todos.

—Tanto mejor para usted.

—Está excediendo sus atribuciones.

—Ya lo sé.

—Esto le traerá problemas.

—Estoy seguro de ello.

—El propio señor juez de instrucción...

—¡Que M. Formerie me deje tranquilo! No tiene nada mejor que hacer que interrogar a los empleados, que es en lo que se ocupa ahora. Lo demás no es parte de la investigación, incumbe a la policía, y eso es asunto mío.

En ese momento, un escuadrón de agentes irrumpió en el hotel. El jefe de la *Sûreté* los repartió en varios grupos que envió al tercer piso y luego se dirigió al comisario:

—Mi querido comisario, le encargo la vigilancia. Nada de debilidades, se lo pido. Yo asumo la responsabilidad de lo que ocurra.

Dirigiéndose al ascensor, se hizo conducir al segundo piso.

La tarea no era fácil. Fue larga, pues era preciso abrir las puertas de sesenta habitaciones, inspeccionar todos los cuartos de baño, todas las alcobas, todos los roperos, todos los rincones. También fue infructuosa.

Una hora después, al filo del mediodía, M. Lenormand acababa de terminar el segundo piso, los otros agentes no habían terminado los pisos superiores y no se había descubierto nada.

M. Lenormand dudó: «¿Habría subido el asesino a los áticos?».

Sin embargo, estaba a punto de bajar cuando le avisaron que Mme. Kesselbach acababa de llegar con su dama de compañía. Edwards, el viejo criado de confianza, había aceptado la tarea de comunicarle la muerte de M. Kesselbach.

M. Lenormand la encontró en uno de los salones, abatida, sin lágrimas, pero con el rostro desencajado de dolor y el cuerpo tembloroso, como agitado por estremecimientos de fiebre.

Era una mujer bastante corpulenta, morena, cuyos negros ojos, de una gran belleza, estaban cargados de oro, de pequeños puntos dorados, semejantes a lentejuelas que brillaban en la sombra. Su marido la había conocido en Holanda, donde Dolores había nacido en una antigua familia de origen español: los Amonti.

Él la había amado de inmediato y durante cuatro años su unión, hecha de ternura y devoción, nunca había vacilado. M. Lenormand se presentó. Ella lo miró sin responder y él guardó silencio, porque ella, en su estupor, no parecía entender lo que decía.

Luego, de pronto, ella se echó a llorar a lágrima viva y pidió que la llevaran con su marido.

M. Lenormand encontró a Gourel en el vestíbulo. Este lo buscaba; de inmediato le tendió un sombrero que llevaba en la mano.

—Jefe, recogí esto... No hay error sobre la procedencia, ¿eh?

Era un sombrero blando, de fieltro negro. En el interior no había forro ni etiqueta.

—¿Dónde lo encontraste?

—En el descanso de la escalera de servicio, en el segundo.

—En los demás pisos ¿nada?

—Nada. Hemos buscado por todas partes. No queda más que el primero. Y este sombrero prueba que el individuo bajó hasta allí. Estamos cerca, jefe.

—Eso creo.

Al final de la escalera, M. Lenormand se detuvo.

—Ve donde el comisario y dale esta orden: dos hombres al pie de cada una de las cuatro escaleras, revólver en mano. Y que disparen si es necesario. Comprende esto, Gourel, si no salvamos a Chapman y si el individuo se escapa, yo exploto. He estado fantaseando durante dos horas.

Subió las escaleras. En el primer piso encontró a dos agentes que salían de una habitación, guiados por un empleado.

El pasillo estaba desierto. El personal del hotel no se atrevía a aventurarse allí y algunos huéspedes se habían encerrado en sus habitaciones, de modo que era preciso tocar por largo rato e identificarse antes de que abrieran las puertas.

Más adelante, M. Lenormand vio a otro grupo de agentes que visitaban la oficina, y al extremo del largo pasillo vio a otros que se acercaban a la esquina, es decir, a las habitaciones situadas sobre la calle Judée.

De pronto los escuchó lanzar exclamaciones y desaparecieron corriendo.

Se apresuró.

Los agentes se habían detenido en medio del pasillo. A sus pies, bloqueando el paso, con el rostro sobre la alfombra, yacía un cuerpo. M. Lenormand se inclinó y tomó entre sus manos la cabeza inerte.

—Chapman —murmuró—. Está muerto...

Lo examinó. Una bufanda de seda blanca de punto le apretaba el cuello. La aflojó. Aparecieron unas manchas rojas y vio que la bufanda sostenía contra la nuca una bola de algodón gruesa y ensangrentada.

Esta vez, también, la misma pequeña herida, limpia, franca, despiadada.

Avisados de inmediato, acudieron M. Formerie y el comisario.

—¿Nadie salió? —preguntó el jefe—. ¿Ninguna alerta?

—Nada —dijo el comisario—. Hay dos hombres de guardia en la base de cada escalera.

—¿Quizá volvió a subir? —dijo M. Formerie.

—¡No! ¡No!

—En ese caso, nos habríamos topado con él.

—No... Todo esto fue hecho hace rato. Las manos ya están frías... El asesinato debió cometerse casi inmediatamente después del otro... en cuanto ambos hombres llegaron aquí por la escalera de servicio.

—¡Pero, habríamos visto el cadáver! Piense, en dos horas, cincuenta personas habrán pasado por aquí.

—El cadáver no estaba aquí.

—Entonces, ¿dónde estaba?

—¡Eh!, ¡qué sé yo! —replicó bruscamente el jefe de la *Sûreté*—. Hay que hacer como yo, buscar. Con palabras no lo encontraremos.

Con su mano nerviosa martillaba con rabia el puño de su bastón y permanecía allí, los ojos fijos en el cadáver, silencioso y pensativo. Finalmente, exclamó:

—Comisario, tenga la bondad de ordenar el traslado de la víctima a una habitación vacía. Llamaremos al médico. Señor director, ¿me abriría las puertas de todas las habitaciones de este pasillo?

A la izquierda había tres habitaciones y dos salones que formaban un departamento desocupado que M. Lenormand visitó. A la derecha, cuatro recámaras. Dos estaban habitadas por un señor Reverdat y un italiano, el barón Giacomici, ambos, ausentes a esa hora. En la tercera habitación se encontraba una vieja dama inglesa, aún en cama, y en la cuarta un inglés que leía y fumaba apaciblemente y a quien los ruidos del pasillo no habían podido distraer de su lectura. Su nombre era mayor Parbury.

Las pesquisas y los interrogatorios, por lo demás, no dieron resultado alguno. La anciana no había escuchado nada previo a las exclamaciones de los agentes, ni ruido de lucha, ni gritos de agonía ni pelea. El mayor Parbury, tampoco.

Además, no se descubrió ningún indicio sospechoso, ningún rastro de sangre, nada que permitiera suponer que el desventurado Chapman había pasado por una de esas habitaciones.

—Extraño —murmuró el juez de instrucción—. Todo esto es verdaderamente extraño...

Y agregó ingenuamente:

—Cada vez comprendo menos. Hay una serie de circunstancias que en parte se me escapan. ¿Qué piensa usted, M. Lenormand?

M. Lenormand iba a soltarle sin duda una de sus respuestas agudas con las cuales manifestaba su habitual mal humor, cuando apareció Gourel sofocado.

—Jefe... encontraron esto... abajo... en la oficina del hotel... sobre una silla.

Era un paquete de pequeñas dimensiones, atado en una envoltura de tela negra..

—¿Lo han abierto? —preguntó el jefe.

—Sí, pero al ver lo que contenía, lo volvimos a atar exactamente como estaba... muy apretado, como puede ver.

—Desátalo.

Gourel quitó la envoltura y les mostró un pantalón y un saco de lana negra que, según atestiguaban los pliegues de la tela, habían sido empacados apresuradamente.

En medio había una servilleta manchada de sangre, la cual había sido metida en agua, sin duda, para destruir la marca de las manos que se habían enjuagado con ella.

Dentro de la servilleta, un estilete de acero con el mango incrustado de oro. Estaba rojo de sangre, de la sangre de tres hombres asesinados en pocas horas por una mano invisible en medio de una multitud de trescientas personas que iba y venía por el inmenso hotel. Edwards, el criado, reconoció enseguida el estilete como perteneciente a M. Kesselbach. Apenas el día anterior al ataque de Lupin, Edwards lo había visto sobre la mesa.

—Señor director —dijo el jefe de la *Sûreté*—, la consigna queda anulada. Gourel va a dar la orden de que se abran las puertas.

—¿Cree entonces que ese Lupin pudo salir? —interrogó M. Formerie.

—No. El autor del triple asesinato que acabamos de constatar está en el hotel, en una de las habitaciones, o, más bien, mezclado entre los viajeros del vestíbulo o los salones. Para mí, vivía en el hotel.

—¡Imposible! Y, además, ¿dónde se habría cambiado de ropa? ¿Y qué ropa vestiría ahora?

—No lo sé, pero lo afirmo.

—¿Y usted le deja el camino libre? Se irá tranquilamente con las manos en los bolsillos.

—El viajero que se marche así, sin su equipaje y que no vuelva, será el culpable. Señor director, acompáñeme a la oficina. Quisiera estudiar detenidamente la lista de sus huéspedes.

En la oficina, M. Lenormand encontró algunas cartas dirigidas a M. Kesselbach. Las entregó al juez de instrucción.

Había también un paquete que acababa de traer el servicio postal de París. Como el papel que lo envolvía estaba en parte desgarrado, M. Lenormand pudo ver una cajita de ébano sobre la cual estaba grabado el nombre de Rudolf Kesselbach.

La abrió. Además de los restos de un espejo, cuya ubicación aún podía distinguirse dentro de la tapa, la cajita contenía la tarjeta de Arsène Lupin.

Pero un detalle pareció sorprender al jefe de la *Sûreté*. En el exterior, debajo de la cajita, había una pequeña etiqueta bordeada de azul, parecida a la etiqueta que había recogido en la habitación del cuarto piso, donde se había encontrado la cigarrera, *y esta etiqueta llevaba igualmente el número 813.*

II

M. Lenormand comienza sus operaciones

UNO

—Auguste, haga pasar a M. Lenormand.

El ujier salió y unos segundos más tarde presentó al jefe de la *Sûreté*.

Había tres personas en el vasto despacho del ministerio de la plaza Beauvau: el famoso Valenglay, líder del partido radical desde hacía treinta años y actualmente presidente del Consejo y ministro del Interior; M. Testard, procurador general, y el prefecto de policía, Delaume.

El prefecto de policía y el procurador general no abandonaron las sillas que ocuparon durante la larga conversación que acababan de sostener con el presidente del Consejo, pero este sí se levantó y, estrechando la mano del jefe de la *Sûreté*, le dijo con el tono más cordial:

—No dudo, mi querido Lenormand, que usted ya sabe la razón por la cual le rogué que viniera.

—¿El asunto Kesselbach?

—Sí.

¡El asunto Kesselbach!

No hay nadie que no recuerde no solamente este trágico asunto del cual yo emprendí la tarea de desenredar el complejo entramado, sino también las más mínimas peripecias de la tragedia que nos ha apasionado a todos en los últimos años. Y tampoco nadie que no recuerde la extraordinaria emoción que provocó tanto en Francia como fuera de ella.

Sin embargo, más que el triple asesinato cometido en circunstancias tan misteriosas, más que la detestable atrocidad de tal carnicería, más que todo esto, hay algo que conmocionó al público: la reaparición, o puede decirse la resurrección, de Arsène Lupin.

¡Arsène Lupin! No se había vuelto a oír de él desde hacía cuatro años, después de su increíble, su sorprendente aventura de la aguja hueca; desde el día en que delante de los propios ojos de Herlock Sholmès y de Isidoro Beautrelet se había fugado hacia las tinieblas, llevando sobre su espalda el cadáver de su amada y seguido de su vieja sirvienta Victorie.

Desde ese día, en general, se le creía muerto. Esa era la versión de la policía que, al no encontrar ninguna huella de su adversario, se limitó a enterrarlo.

No obstante, algunos lo suponían a salvo, atribuyéndole una existencia apacible de buen burgués que cultiva su jardín rodeado de su esposa y sus hijos, en tanto que otros pretendían que, agobiado por el peso del dolor y cansado de las vanidades de este mundo, se había enclaustrado en un monasterio trapense.

¡Y he aquí que surgía de nuevo! ¡He aquí que retomaba su lucha sin misericordia contra la sociedad! Arsène Lupin volvía a ser Arsène Lupin, el caprichoso, el intangible, el desconcertante, el audaz, el genial Arsène Lupin.

Pero esta vez se alzó un grito de horror. ¡Arsène Lupin había matado! Y el salvajismo, la crueldad, el cinismo implacable del enorme crimen eran tales, que de golpe la leyenda del héroe simpático, del aventurero caballeresco y, dado el caso, sentimental, dio lugar a una nueva visión de monstruo inhumano, sanguinario y feroz. La muchedumbre odiaba y temía a su antiguo ídolo con tanta más violencia que con la que alguna vez lo había admirado por su gracia ligera y su divertido buen humor.

Y la indignación de esa multitud asustada se volvió entonces contra la policía. Antaño se habían reído, perdonaban al comisario burlado por la forma cómica en que se había dejado burlar. Pero la broma había durado demasiado, y en un impulso de rebeldía y de furia se exigían cuentas a la autoridad por los crímenes indescriptibles que había sido incapaz de evitar.

En los periódicos, en las reuniones públicas, en la calle e incluso en la tribuna de la Cámara, hubo una explosión de cólera tal que el gobierno se conmocionó y buscó por todos los medios calmar la agitación pública.

Valenglay, presidente del Consejo, sentía precisamente un gusto extremo por todas las cuestiones policiales, y a menudo se había complacido en seguir de cerca ciertos casos con el jefe de la *Sûreté*, de quien elogiaba sus cualidades y carácter independiente. Convocó a su despacho al prefecto y al procurador general, con quienes conversó, y luego al señor Lenormand.

—Sí, mi querido Lenormand, se trata del asunto Kesselbach. Pero antes de hablar de ello, quisiera llamar su atención sobre un punto... un punto que atormenta particularmente al señor prefecto de policía. M. Delaume, ¿quiere explicarle a M. Lenormand?

—¡Oh! M. Lenormand sabe perfectamente a qué atenerse al respecto —replicó el prefecto con un tono que indicaba poca benevolencia hacia su subordinado—. Ya lo hemos hablado los dos; yo le he dicho lo que pienso sobre su conducta incorrecta en el hotel Palace. De manera general, estamos indignados.

M. Lenormand se levantó y sacó de su bolsillo un papel que depositó sobre la mesa.

—¿Qué es esto? —preguntó Valenglay.

Mi renuncia, señor presidente.

Valenglay dio un salto.

—¿Qué? ¿Su renuncia? Por una observación benigna que el señor prefecto le formula y a la cual él no le atribuye, por lo demás, ninguna clase de importancia. ¿No es así, Delaume, ninguna clase de importancia? ¡Y usted se enoja! Debe admitir, mi buen Lenormand, que tiene usted muy mal carácter. Vamos, guárdese ese pedazo de papel y hablemos seriamente.

El jefe de la *Sûreté* se sentó y Valenglay, imponiéndole silencio al prefecto, que no ocultaba su descontento, pronunció:

—En dos palabras, Lenormand, he aquí la cosa: la reaparición en escena de Lupin nos fastidia. Ya bastante tiempo ese animal se burló de nosotros. Era divertido, lo confieso, y por mi parte, yo era el primero en reírme. Ahora se trata de asesinatos. Podíamos soportar a Arsène Lupin mientras divertía al público. Si mata, no.

—Y entonces, señor presidente, ¿qué me piden?

—¿Qué pedimos? ¡Oh! Es muy sencillo. Primero su arresto, luego su cabeza.

—Su arresto puedo prometerlo para un día u otro. Su cabeza, no.

—¡Cómo! Si se le arresta, seguirá el tribunal penal, la inevitable condena y el patíbulo.

—No.

—Y, ¿por qué no?

—Porque Lupin no ha matado.

—¿Qué? Pero, ¿está loco, Lenormand? ¿Y los cadáveres del hotel Palace son una fábula, acaso? ¿No hubo allí un triple asesinato?

—Sí, pero no fue Lupin quien lo cometió.

El jefe pronunció esas palabras con mucha calma, con una tranquilidad y una convicción impresionantes.

El procurador y el prefecto protestaron. Pero Valenglay prosiguió:

—¿Supongo, Lenormand, que no plantea esa hipótesis sin razones serias?

—No es una hipótesis.

—¿La prueba?

—Hay dos: primero, dos pruebas de naturaleza moral que yo expuse sobre el terreno al señor juez de instrucción, y que los periódicos han subrayado. Antes que nada, Lupin no mata. Además, ¿para qué habría de matar, si el objetivo de su expedición, el robo, estaba cumplido y nada tenía que temer de un adversario amarrado y amordazado?

—Bien. Pero, ¿y los hechos?

—Los hechos no están a la altura de la razón y la lógica, sin embargo, están a mi favor. ¿Qué significaría la presencia de Lupin en la habitación donde se halló la cigarrera? Por otra parte, la ropa negra que se encontró, y que era evidentemente del asesino, no concuerda para nada con la talla de Arsène Lupin.

—¿Lo conoce usted, entonces?

—Yo, no; pero, Edwards lo vio, Gourel lo vio y la persona que ellos vieron no es la misma que la camarera vio en la escalera de servicio llevando a Chapman de la mano.

—Entonces, ¿su método?

—Querrá usted decir «la verdad», señor presidente. Pues hela aquí, o cuando menos lo que sé de la verdad. El martes 16 de abril, un individuo... Lupin... irrumpió en la habitación de M. Kesselbach hacia las dos de la tarde...

Una risotada interrumpió a M. Lenormand. Era el prefecto de policía.

—Permítame decirle, señor Lenormand, que da los detalles con una prisa algo excesiva. Está probado que, a las tres de la tarde de ese día, M. Kesselbach fue al Crédit Lyonnais y bajó a la sala de las cajas de seguridad. Su firma en el registro lo atestigua.

M. Lenormand esperó respetuosamente a que su superior acabara de hablar. Luego, sin siquiera tomarse la molestia de responder directamente al ataque, continuó:

—Hacia las dos de la tarde, Lupin, ayudado por un cómplice, un tal Marco, amarró a M. Kesselbach, lo despojó del dinero en efectivo que tenía consigo y lo obligó a revelarle la clave de su caja fuerte en el Crédit Lyonnais. Tan pronto conocieron el secreto, Marco partió. Se reunió con un segundo cómplice, quien aprovechando cierto parecido con M. Kesselbach —parecido que, además, acentuó ese día vistiendo ropas similares a las de M. Kesselbach y usando lentes de oro—, entró en el Crédit Lyonnais, imitó la firma de M. Kesselbach, vació la caja fuerte y regresó acompañado de Marco. Este llamó enseguida a Lupin. Lupin, seguro entonces de que M. Kesselbach no lo había engañado y cumplido el objetivo de su expedición, se marchó.

Valenglay pareció dudar.

—Sí, sí, admitámoslo. Pero lo que me sorprende es que un hombre como Lupin haya arriesgado tanto por un beneficio tan pequeño... algunos billetes y el contenido, siempre hipotético, de una caja fuerte.

—Lupin ambicionaba más: quería el estuche de cuero que estaba en la bolsa de viaje o bien la cajita de ébano que se encontraba en la caja fuerte. Esta cajita la consiguió, puesto que la devolvió vacía. Por tanto, hoy conoce o está por conocer el famoso proyecto que forjaba M. Kesselbach, y sobre el cual hablaba a su secretario instantes antes de su muerte.

—¿Cuál es ese proyecto?

—No lo sé. El director de la agencia, Barbareux, al cual se había confiado, me dijo que M. Kesselbach buscaba a un individuo, uno que había perdido su posición social, de nombre Pierre Leduc. ¿Por qué razón lo buscaba? ¿Y con qué eslabones se le puede ligar al proyecto? No sabría decirlo.

—De acuerdo —concluyó Valenglay—. Vamos con Arsène Lupin. Su papel ha terminado; M. Kesselbach está amarrado, despojado, ¡pero vivo! ¿Qué ocurrió hasta el momento en que lo encontraron muerto?

—Nada durante dos horas; nada hasta la noche. Pero en el curso de la noche alguien entró.

—¿Por dónde?

—Por la habitación 420... una de las habitaciones reservadas para Mme. Kesselbach. El individuo poseía, evidentemente, una llave falsa.

—Pero —exclamó el prefecto de policía—, entre esa habitación y el departamento, todas las puertas estaban con cerrojo... ¡Y hay cinco!

—Quedaba el balcón.

—¡El balcón!

—Sí, es el mismo para todo el piso sobre la calle de Judée.

—¿Y las separaciones?

—Un hombre ágil puede franquearlas. Nuestro hombre las franqueó. Recogí las huellas.

—Pero todas las ventanas del departamento estaban cerradas y se ha constatado que después del crimen seguían así.

—Salvo una, la del secretario Chapman, que no estaba más que emparejada, yo mismo hice la prueba.

Esta vez, el presidente del Consejo pareció un tanto vacilante, tan lógica y firme parecía la versión de M. Lenormand, colmada de hechos sólidos. Preguntó con creciente interés:

—Pero, ese hombre... ¿Cuál era su objetivo?

—No lo sé.

—¡Ah! No lo sabe...

—No, tampoco sé su nombre.

—Pero, ¿por qué razón mató?

—No lo sé. A lo sumo se podría suponer que no iba allí con la intención de matar, sino con la intención de apoderarse también de los documentos contenidos en el estuche de cuero negro y en la cajita y que, al verse por casualidad frente a un enemigo reducido a la impotencia, lo mató.

Valenglay murmuró:

—Eso es posible... sí, en última instancia. Y, según usted ¿encontró los documentos?

—No encontró la cajita, puesto que no estaba allí, pero encontró en el fondo de la bolsa de viaje el estuche de cuero negro. De suerte que Lupin y... el otro se encuentran ambos en la misma situación: saben las mismas cosas sobre el proyecto de M. Kesselbach.

—Es decir —observó el presidente—, que se enfrentarán.

—Exactamente. Y la lucha ya comenzó. El asesino, al encontrar una tarjeta de Arsène Lupin, la sujetó con un alfiler al cadáver. Todas las apariencias estarían así contra Lupin... Entonces, Arsène Lupin sería el asesino.

—En efecto, en efecto —declaró Valenglay—, el cálculo no era errado.

—Y la estratagema habría tenido éxito —continuó M. Lenormand— si, debido a otra casualidad desfavorable, el asesino, bien sea al entrar o salir, no hubiera perdido su cigarrera en la habitación 420 y si el mozo del hotel, Gustave Beudot, no la hubiera recogido. Desde ese momento se sabía descubierto o a punto de serlo...

—¿Cómo lo sabía?

—¿Cómo? Pues por el propio juez de instrucción, Formerie. ¡La investigación tuvo lugar con todas las puertas abiertas! Es seguro que el asesino se ocultaba entre los concurrentes, empleados del hotel o periodistas cuando el juez de instrucción envió a Gustave Beudot a su ático a buscar la cigarrera. Beudot subió. El individuo lo siguió y lo atacó. Segunda víctima.

Nadie protestaba ya. El drama se reconstruía con exactitud.

—¿Y la tercera? —dijo Valenglay.

—Esa se ofreció ella misma al sacrificio. Al no ver regresar a Beudot, Chapman, curioso por examinar él mismo la cigarrera, partió con el director del hotel. Sorprendido por el asesino, fue arrastrado por él, conducido a una de las habitaciones y, a su vez, asesinado.

—Pero, ¿por qué se dejó arrastrar así y dirigir por un hombre que él sabía que era el asesino de M. Kesselbach y de Gustave Beudot?

—No lo sé, como tampoco conozco la habitación donde se cometió el crimen ni adivino la forma verdaderamente milagrosa en que el culpable se escapó.

—¿Se habló de dos etiquetas azules?

—Sí, una la encontraron sobre la cajita que Lupin devolvió, la otra la encontré yo, sin duda, proveniente del estuche de cuero que el asesino había robado.

—¿Y bien?

—¡Y bien! Para mí, estas no significan nada. Lo que significa algo es ese número 813 que M. Kesselbach inscribió sobre cada una de ellas; se ha reconocido su escritura.

—¿Y esa cifra 813?

—Un misterio.

—¿Entonces?

—Entonces debo responderle una vez más que no sé nada.

—¿No tiene sospechas?

—Ninguna. Dos de mis hombres están viviendo en una habitación del hotel Palace, en el piso donde se encontró el cadáver de Chapman. Les ordené vigilar a todas las personas del hotel. El culpable no está entre los que se han marchado.

—¿No hubo llamadas telefónicas durante la matanza?

—Sí. Desde la ciudad, alguien llamó al mayor Parbury, una de las cuatro personas que habitan el pasillo del primer piso.

—¿Y ese mayor?

—Lo hago vigilar por mis hombres; hasta ahora no han descubierto nada contra él.

—Y, ¿en qué sentido va usted a investigar?

—¡Oh! En un sentido muy preciso. Para mí, el asesino se encuentra entre los amigos o los conocidos del matrimonio Kesselbach. Les seguía la pista, conocía sus hábitos, la razón por la cual M. Kesselbach estaba en París y sospechaba, cuando menos, la importancia de sus proyectos.

—No se trataría entonces de un profesional del crimen.

—¡No, no! Mil veces no. El crimen fue ejecutado con una habilidad y una audacia inauditas, pero fue impuesto por las circunstancias. Lo repito, hay que buscar en el círculo de los Kesselbach. Y la prueba es que el asesino de M. Kesselbach mató a Gustave Beudot solo porque el mozo del hotel tenía la cigarrera, y a Chapman porque el secretario conocía su identidad. Recuerde la emoción de Chapman. Ante la sola descripción de la cigarrera, Chapman intuyó una tragedia. Si él hubiera visto la cigarrera, nos habría informado. El desconocido no se equivocó: eliminó a Chapman. Y nosotros no sabemos nada, excepto sus iniciales: L y M.

Reflexionó y añadió:

—Y una prueba más que responde a una de sus preguntas, señor presidente. ¿Cree usted que Chapman hubiera seguido a ese hombre por los pasillos y las escaleras del hotel si no lo conociera?

Los hechos se acumulaban. La verdad, o al menos la verdad probable, se fortalecía. Muchos puntos, quizá los más interesantes, permanecían oscuros. Pero, ¡cuánta luz! A falta de los motivos que los habían inspirado, ¡cómo se percibía claramente la serie de actos realizados en aquella trágica mañana!

Se produjo un silencio. Cada uno meditaba, buscaba argumentos y objeciones. Por fin, Valenglay exclamó:

—Mi querido señor Lenormand, todo eso es perfecto... ¡Me ha convencido...! Pero, en el fondo, no hemos avanzado mucho.

—¿Cómo?

—Pues sí. El objetivo de nuestra reunión no es descifrar una parte del enigma, que no dudo que un día u otro usted descifrará por completo, sino dar satisfacción en la mayor medida posible a las exigencias del público. Ahora, que el asesino sea Lupin o no, que haya dos culpables, tres o bien uno solo, eso no nos da ni el nombre del culpable ni nos lleva a su arresto. Y el público tiene siempre esa impresión desastrosa de que la justicia es impotente.

—¿Qué puedo hacer yo al respecto?

—Precisamente darle al público la satisfacción que demanda.

—Pero me parece que esas explicaciones bastarán...

—¡Palabras! Quieren hechos. Solo una cosa los satisfaría: un arresto.

—¡Diablos! ¡Diablos! No podemos arrestar al primero que encontremos.

—Eso sería mejor que no arrestar a nadie —dijo Valenglay, riendo—. Veamos, busque bien... ¿Está seguro de Edwards, el criado de Kesselbach?

—Absolutamente seguro... Y, además, no, señor presidente, eso sería peligroso, ridículo... estoy seguro de que el propio señor procurador... No hay más que dos individuos a quienes tenemos el derecho de arrestar: el asesino, a quien no conozco... y Arsène Lupin.

—¿Y bien?

—No se arresta a Arsène Lupin... o al menos hace falta tiempo, un conjunto de medidas que todavía no he tenido el tiempo de planear, puesto que yo consideraba a Lupin retirado... o muerto.

Valenglay golpeó el suelo con el pie con la impaciencia de un hombre a quien le gusta que sus deseos se cumplan en el acto.

—No obstante... no obstante... mi querido Lenormand, es preciso... Es preciso para usted también... Usted sabe que tiene enemigos poderosos, y que si yo no estuviera aquí... Bueno, es inadmisible que usted, Lenormand, vacile así. Y los cómplices, ¿qué hace al respecto? Lupin no está solo. Está Marco. Está también el atrevido que representó el personaje de M. Kesselbach para bajar a los sótanos del Crédit Lyonnais.

—¿Le bastaría ese, señor presidente?

—¡Que si me bastaría! ¡Por Dios! Créalo.

—Pues bien, deme ocho días.

—¡Ocho días! Pero esta no es una cuestión de días, mi querido Lenormand, es sencillamente una cuestión de horas.

—¿Cuántas me da, señor presidente?

Valenglay sacó su reloj y replicó con sorna:

—Le doy diez minutos, mi querido Lenormand.

El jefe de la *Sûreté* sacó a su vez el suyo, y respondió con voz pausada:

—Sobran cuatro, señor presidente.

II

Valenglay lo miró estupefacto.

—¿Sobran cuatro? ¿Qué quiere decir?

—Digo, señor presidente, que los diez minutos que me concedió son inútiles, solo necesito seis, ni uno más.

—¡Vamos, Lenormand!, ¿acaso es una broma de mal gusto?

El jefe de la *Sûreté* se acercó a la ventana e hizo señas a dos hombres que se paseaban hablando tranquilamente por el patio de honor del ministerio. Luego regresó a su sitio.

—Señor procurador general, tenga la bondad de firmar una orden de arresto a nombre de Daileron, nombre de pila Auguste Maximin Philippe, de cuarenta y siete años. Deje la profesión en blanco.

Abrió la puerta de entrada.

—Puedes venir, Gourel… y tú también, Dieuzy.

Gourel se presentó, escoltado por el inspector Dieuzy.

—¿Tienes las esposas, Gourel?

—Sí, jefe.

M. Lenormand se acercó a Valenglay.

—Señor presidente, todo está listo. Pero le insisto de la manera más apremiante que renuncie a este arresto. Trastorna todos mis planes; puede hacer que fracasen, y, por una satisfacción mínima, arriesga comprometerlo todo.

—Señor Lenormand, quiero recordarle que no tiene más que ochenta segundos.

El jefe reprimió un gesto de contrariedad, recorrió la estancia de derecha a izquierda apoyándose en su bastón, se sentó con aire furioso como si decidiese callar; luego, de pronto, tomando su resolución, dijo:

—Señor presidente, la primera persona que entrará en este despacho será aquella cuyo arresto usted solicitó… contra mis deseos, me gustaría hacerlo constar.

—Quedan quince segundos, Lenormand.

—Gourel… Dieuzy… la primera persona, ¿no es así? Señor procurador general, ¿ha puesto su firma?

—No más que diez segundos, Lenormand.

—Señor presidente, ¿tendría la bondad de tocar el timbre?

Valenglay tocó.

El ujier se presentó en el umbral de la puerta y esperó.

Valenglay se volvió hacia el jefe.

—Y bien, Lenormand, esperamos sus órdenes… ¿A quién hay que pasar?

—A nadie.

—Pero ¿y ese atrevido cuyo arresto nos prometió? Los seis minutos ya pasaron.

—Sí, pero el atrevido está aquí.

—¿Cómo? No comprendo... nadie ha entrado.

—Sí.

—¡Ah! ¡Vamos! Pero... veamos... se burla de mí... Le repito que no ha entrado nadie.

—En este despacho estábamos cuatro, señor presidente, ahora estamos cinco, en consecuencia alguien entró.

Valenglay se sobresaltó.

—¿Cómo? ¡Esto es una locura...! ¿Qué quiere decir?

Los dos agentes se habían deslizado entre la puerta y el ujier.

M. Lenormand se acercó a este, le puso la mano en el hombro y con fuerte voz dijo:

—En nombre de la ley, Daileron, Auguste Maximin Philippe, jefe de ujieres de la Presidencia del Consejo, yo le arresto.

Valenglay estalló en carcajadas.

—¡Ah! Está buena... esa está buena... Este condenado Lenormand tiene algunas cosas graciosas. Bravo, Lenormand, hacía tiempo que no reía así...

M. Lenormand se volvió hacia el procurador general y le dijo:

—Señor procurador general, no olvide poner en la orden la profesión del señor Daileron, ¿no es así?, jefe de ujieres de la Presidencia del Consejo...

—Claro que sí... claro que sí... jefe de los ujieres en... la Presidencia del Consejo —tartamudeó Valenglay, sujetándose las costillas—. ¡Ah! Este buen Lenormand tiene destellos de ingenio... El público reclamaba un arresto... Vaya, ¿y a quién le da una patada en la cabeza? A mi jefe de ujieres... a Auguste... el servidor modelo... Pues bien, en verdad, Lenormand, le conocía una cierta dosis de fantasía, pero, ¡no hasta ese punto, querido! ¡Qué atrevimiento!

Desde el inicio de la escena, Auguste no se había movido y parecía no comprender nada de lo que ocurría en torno a él. Su cara de subalterno leal y fiel tenía un aire absolutamente desconcertado. Miraba uno a uno a sus interlocutores con un esfuerzo visible para descifrar el sentido de la plática.

M. Lenormand le dijo unas palabras a Gourel, quien salió. Luego, avanzando hacia Auguste, habló claramente:

—Nada que hacer. Estás atrapado. Lo mejor es dejar el juego cuando la partida está perdida. ¿Qué hiciste el martes?

—¿Yo? Nada. Estaba aquí.

—Mientes. Era tu día de permiso. Saliste.

—En efecto... lo recuerdo... un amigo de mi provincia que vino... fuimos a pasear al bosque.

—El amigo se llama Marco. Y fuiste a pasear a los sótanos del Crédit Lyonnais.

—¡Yo! ¡Qué idea...! ¿Marco...? Yo no conozco a nadie con ese nombre.

—¿Y esto... conoces esto? —exclamó el jefe, poniéndole en la nariz un par de lentes con el armazón de oro.

—Pero... no... pero... no... yo no uso lentes...

—Sí. Tú los llevabas cuando fuiste al Crédit Lyonnais y te hiciste pasar por M. Kesselbach. Estos provienen de la habitación que ocupas, bajo el nombre de Jérôme, en el número 5 de la calle del Coliseo.

—¿Yo?, ¿una habitación? Yo duermo en el ministerio.

—Pero te cambias de ropa allí para representar tus papeles en la banda de Lupin.

El otro se pasó la mano por la frente cubierta de sudor. Estaba lívido. Balbució:

—No comprendo nada... dice usted unas cosas... unas cosas...

—¿Necesitas algo que comprendas mejor? Mira, aquí está lo que encontramos entre los pedazos de papel que tiraste a la basura, bajo tu escritorio de la antesala, aquí mismo.

M. Lenormand desplegó una hoja de papel con el membrete del ministerio, donde se leía en diversos lugares, trazado con una letra insegura—: «Rudolf Kesselbach».

—Y bien, ¿qué dices de esto, excelente servidor? Ejercicios para practicar la firma de M. Kesselbach, ¿no es esto una prueba?

Un puñetazo en pleno pecho hizo tambalear a M. Lenormand. De un salto, Auguste alcanzó la ventana abierta, franqueó el alféizar y saltó al patio principal.

—¡Maldita sea! —gritó Valenglay—. ¡Ah! El bandido...

Tocó el timbre, corrió, intentó llamar por la ventana.

M. Lenormand le dijo con la mayor calma:

—No se agite, señor presidente...

—Pero ese canalla de Auguste...

—Un segundo, se lo ruego...; yo había previsto este desenlace... incluso lo esperaba. No hay mejor confesión.

Dominado por tanta sangre fría, Valenglay volvió a su asunto. Al cabo de unos instantes, Gourel hacía su entrada sujetando por el cuello al señor Daileron, Auguste Maximin Philippe, alias *Jérôme*, jefe de ujieres en la Presidencia del Consejo.

—Tráelo, Gourel —dijo M. Lenormand, como quien lo dice al buen perro de caza que regresa con la presa en su boca—. ¿Se dejó agarrar?

—Mordió un poco, pero lo apreté duro —replicó el oficial, mostrando su mano enorme y nudosa.

—Bien, Gourel. Ahora lleva a este hombre a la prisión central en un coche. Sin despedidas, señor *Jérôme*.

Valenglay se divertía mucho. Se frotaba las manos riendo. La idea de que el jefe de sus ujieres fuese uno de los cómplices de Lupin le parecía la más encantadora y la más irónica de las aventuras.

—Bravo, mi querido Lenormand, todo esto es admirable, pero, ¿cómo diablos ha maniobrado usted?

—¡Oh! De la manera más sencilla. Yo sabía que M. Kesselbach había ido a la agencia de Barbareux y que Lupin se había presentado en su casa diciendo que iba de parte de la agencia. Busqué por ese lado y descubrí que la indiscreción cometida en perjuicio de M. Kesselbach y de Barbareux no podía haber sido sino en beneficio de un tal Jérôme, amigo de un empleado de la agencia. Si no me hubiera usted ordenado apurar las cosas, hubiera vigilado al ujier y habría llegado a Marco y después a Lupin.

—Lo hará, Lenormand, le digo que lo hará. Y nosotros asistiremos al espectáculo más apasionante del mundo: la lucha entre Lupin y usted. Yo apuesto por usted.

Al día siguiente los periódicos publicaban esta carta:

Carta abierta al señor Lenormand, jefe de la Sûreté:

Todas mis felicitaciones, querido señor y amigo, por la detención del ujier Jérôme. Fue una buena tarea, bien hecha y digna de usted.

Todas mis felicitaciones por la forma ingeniosa en que probó al presidente del Consejo que no fui el asesino de M. Kesselbach. Su demostración fue clara, lógica, irrefutable y, lo que es más, verídica. Como usted sabe, yo no mato. Gracias por haberlo establecido en esta ocasión. La estima de mis contemporáneos y la suya, querido señor y amigo, me son indispensables.

Por otro lado, permítame ayudarle en la persecución del monstruoso asesino y ayudarlo en el asunto Kesselbach. Un caso muy interesante, puede creerme; tan interesante y tan digno de mi atención, que salgo del retiro en que vivía desde hace cuatro años entre mis libros y mi buen perro Sherlock, llamo a todos mis camaradas, y me lanzo de nuevo a la refriega.

¡Qué vueltas tan inesperadas da la vida! Heme aquí, su colaborador. Esté seguro, querido señor y amigo, que me felicito por ello y que aprecio en su justo valor este favor del destino.

ARSÈNE LUPIN

Posdata. Una palabra más que, no dudo, usted aprobará. Como no es conveniente que un caballero que tuvo el glorioso privilegio de combatir bajo mi bandera se pudra sobre la húmeda paja de las prisiones, creo mi deber prevenirle con lealtad que dentro de cinco semanas, el viernes 31 de mayo, pondré en libertad al señor Jérôme, ascendido por mí al grado de jefe de los ujieres de la Presidencia del Consejo. No olvide la fecha: viernes 31 de mayo. A. L.

III

El príncipe Sernine pone manos a la obra

UNO

En una planta baja de la esquina del bulevar Haussman y la calle de Courcelles vive el príncipe Sernine, uno de los miembros más brillantes de la colonia rusa en París, cuyo nombre aparece con frecuencia en las notas de los periódicos sobre «Viajes y alojamientos vacacionales».

Once de la mañana. El príncipe entra en su oficina. Es un hombre de treinta y cinco a cuarenta años, cuyo cabello castaño se mezcla con algunos hilos de plata. Tiene un aspecto saludable, bigote espeso y unas patillas muy cortas, apenas marcadas sobre la piel fresca de las mejillas. Viste de manera apropiada con una levita gris que le ciñe la cintura y un chaleco de bordes de terliz blanco.

—Vamos —dijo a media voz—, creo que la jornada va a ser difícil.

Abrió una puerta que daba a una amplia habitación donde algunas personas esperaban y dijo:

—¿Varnier está aquí? Adelante, Varnier.

Un hombre con aspecto de pequeño burgués, fornido, sólido, bien plantado sobre sus piernas, acudió a su llamado. El príncipe cerró la puerta detrás de él.

—Y bien, Varnier, ¿en qué estás?

—Todo listo para esta noche, patrón.

—Perfecto. Cuéntame en pocas palabras.

—Después del asesinato de su marido, Mme. Kesselbach, con base en los prospectos que usted le hizo llegar, escogió como morada la casa de retiro para damas situada en Garches. Vive al fondo del jardín, en el último de los cuatro pabellones que la dirección del centro alquila a las damas que desean vivir completamente apartadas de las demás pensionistas, el pabellón de la Emperatriz.

—¿Sus criados?

—Su dama de compañía, Gertrude, con quien llegó unas horas después del crimen, y la hermana de Gertrude, Suzanne, a quien hizo venir de Montecarlo, le sirve de camarera. Las dos hermanas le guardan fidelidad.

—¿Y Edwards, el ayudante de cámara?

—No lo conservó a su servicio y se regresó a su tierra.

—¿Recibe gente?

—A nadie. Pasa el tiempo tendida sobre un diván. Parece muy débil, enferma. Llora mucho. Ayer, el juez de instrucción estuvo dos horas con ella.

—Bien, ahora, ¿la joven?

—La señorita Geneviève Ernemont vive del otro lado de la carretera, en una callejuela que lleva al campo, y en esa callejuela, en la tercera casa a la derecha, tiene una escuela gratuita para niñas con retraso. Su abuela, Mme. Ernemont, vive con ella.

—Y, según me escribiste, ¿Geneviève Ernemont y Mme. Kesselbach ya se conocen?

—Sí, la joven fue a pedirle a Mme. Kesselbach ayuda para su escuela. Debieron agradarse, pues desde hace cuatro días salen juntas al parque de Villeneuve, del cual el jardín de la casa de retiro no es más que una extensión.

—¿A qué hora salen?

—De cinco a seis. A las seis en punto la joven regresa a su escuela.

—Entonces, organizaste la cosa...

—Para hoy a las seis. Todo está listo.

—¿Y no habrá nadie?

—Nunca hay nadie en el parque a esa hora.

—Está bien. Allí estaré. Vete.

Lo hizo salir por la puerta del vestíbulo, y, regresando a la sala de espera, llamó.

—Los hermanos Doudeville.

Entraron dos jóvenes vestidos con una elegancia un poco rebuscada, de ojos vivaces y aire simpático.

—Buenos días, Jean; buenos días, Jacques. ¿Qué hay de nuevo en la prefectura?

—No gran cosa, patrón.

—¿M. Lenormand aún confía en ambos?

—Siempre. Después de Gourel, nosotros somos sus inspectores favoritos. La prueba es que nos ha instalado en el hotel Palace para vigilar a las personas que estaban en el pasillo del primer piso en el momento del asesinato de Chapman. Todas las mañanas, Gourel viene y nosotros le damos el mismo informe que a usted.

—Perfecto. Es esencial que yo esté al corriente de todo lo que se hace y de todo lo que se dice en la prefectura de policía. Mientras Lenormand crea que son sus hombres, soy amo de la situación. Y en el hotel, ¿se ha descubierto alguna pista?

Jean Doudeville, el mayor, respondió:

—La inglesa que vivía en una de las habitaciones se marchó.

—Eso no me interesa, ya tengo mi información. Pero, ¿y su vecino, el mayor Parbury?

Ambos parecieron avergonzados. Finalmente, uno de los dos respondió:

—Esta mañana, el mayor Parbury ordenó que llevaran su equipaje a la Gare du Nord para tomar el tren de las doce cincuenta del mediodía y él se fue en un automóvil. Estuvimos esperando la salida del tren, pero el mayor no vino.

—¿Y el equipaje?

—Lo hizo recoger en la estación.

—¿Por quién?

—Por un representante, nos dijeron.

—¿De modo que se perdió su pista?

—Sí.

—¡Vaya! —exclamó alegremente el príncipe.

Los otros lo miraron asombrados.

—Pues sí —agregó—, ¡tenemos una pista!

—¿Cree usted?

—Evidentemente. El asesinato de Chapman no pudo cometerse más que en una de las habitaciones de ese pasillo. Es allí donde su cómplice, que es el asesino de M. Kesselbach, llevó al secretario; es allí donde lo mató, donde se cambió de ropa y es el cómplice quien, una vez que se marchó el asesino, depositó el cadáver en el pasillo. Pero, ¿quién es el cómplice? La forma en que desapareció el mayor Parbury tendería a probar que no es ajeno al asunto. Pronto, hay que dar por teléfono esta buena noticia a M. Lenormand o a Gourel. Es preciso que en la prefectura estén al corriente cuanto antes. Esos caballeros y yo caminamos de la mano.

Les hizo algunas otras recomendaciones concernientes a su doble papel como inspectores de la policía al servicio del príncipe Sernine y los despidió. En la sala de espera quedaban dos visitantes. Hizo pasar a uno de ellos.

—Mil disculpas, doctor —le dijo—. Soy todo tuyo. ¿Cómo está Pierre Leduc?

—Muerto.

—¡Oh! ¡Oh! —exclamó Sernine—. Ya me lo esperaba, después de tu recado de esta mañana. Pero, en cualquier caso, el pobre chico no duró mucho...

—Estaba en las últimas. Un síncope y todo terminó.

—¿Y no habló?

—No.

—¿Estás seguro de que desde el día en que lo recogimos juntos bajo la mesa de un café de Belleville... ¿nadie en tu clínica ha sospechado que era él, Pierre Leduc, a quien la policía buscaba? ¿Ese misterioso Pierre Leduc a quien M. Kesselbach quería encontrar a cualquier precio?

—Nadie. Ocupaba una habitación aparte. Además, yo había envuelto su mano izquierda con un vendaje para que no se pudiera ver la herida del meñique. En cuanto a la cicatriz en la mejilla, es invisible bajo la barba.

—¿Y tú mismo lo vigilaste?

—Yo mismo. Y, conforme a sus instrucciones, aproveché para interrogarlo cada vez que parecía más lúcido. Pero no pude obtener más que balbuceos ininteligibles.

El príncipe murmuró pensativo:

—Muerto... Pierre Leduc está muerto... Todo el asunto Kesselbach descansaba evidentemente sobre él y he aquí que desaparece sin una revelación, sin una sola palabra sobre él, sobre su pasado... ¿Será preciso que me embarque en esta aventura de la cual aún no comprendo nada? Es peligroso... Podría hundirme.

Reflexionó un momento y exclamó:

—¡Bah! ¡Ni modo! Seguiré de todos modos. El que Pierre Leduc esté muerto no es razón para que yo abandone la partida. ¡Al contrario! Y la ocasión es demasiado tentadora. Pierre Leduc ha muerto. ¡Viva Pierre Leduc...! Vete, doctor. Regresa a tu casa. Esta noche te llamaré.

El doctor salió.

—Quedamos nosotros dos, Philippe —dijo Sernine al último visitante, un hombre pequeño de cabello gris, vestido como un mozo de hotel, pero de hotel de décima categoría.

—Patrón —comenzó Philippe—, le recuerdo que la semana pasada usted me colocó como mozo de habitación en el hotel Deux Empereurs, en Versalles, para vigilar a un joven.

—Pues sí, ya sé... Gérard Baupré. ¿Cómo está?

—Sin recursos.

—¿Siempre con ideas oscuras?

—Siempre. Quiere matarse.

—¿Es serio?

—Muy en serio. Encontré entre sus papeles esta pequeña nota a lápiz.

—¡Ah! —dijo Sernine, leyendo la nota—. Anuncia su muerte... ¡y sería esta noche!

—Sí, patrón; la cuerda está amarrada y el gancho sujeto al techo. Siguiendo sus órdenes, hice amistad con él, me contó sus desgracias, y le aconsejé que hablara con usted. «El príncipe Sernine es rico», le dije, «y es generoso. Quizá te ayude».

—Perfecto. ¿De modo que vendrá?

—Está aquí.

—¿Cómo lo sabes?

—Lo seguí. Tomó el tren de París y ahora se pasea de arriba abajo por el bulevar. De un momento a otro se decidirá.

En ese instante un criado trajo una tarjeta. El príncipe la leyó y dijo:

—Haga pasar al señor Gérard Baupré.

Y dirigiéndose a Philippe:

—Pasa a esa oficina, escucha y no te muevas.

Solo una vez, el príncipe murmuró:

—¿Cómo iba a dudar yo? Es el destino que lo envía.

Unos minutos más tarde, entró un joven alto, rubio, esbelto, de rostro demacrado, de mirada febril; se mantuvo en el umbral, avergonzado, titubeante, con la actitud de un mendigo que quisiera tender la mano, pero no se atreve.

La conversación fue breve.

—¿Es usted Gérard Baupré?

—Sí... sí... soy yo.

—No tengo el honor...

—Vea, señor... vea... me han dicho...

—¿Quién?

—Un mozo de hotel que afirma haber servido en su casa...

—En fin, sea breve...

—Bien...

El joven se detuvo, intimidado, decepcionado por la actitud altiva del príncipe, quien exclamó:

—No obstante, señor, quizá sería necesario...

—Vea, señor... me han dicho que es usted muy rico y generoso... Y yo he pensado que quizá le sería posible...

Se interrumpió, incapaz de pronunciar la palabra de súplica y de humillación.

Sernine se acercó a él, y le dijo:

—Señor Gérard Baupré, ¿no ha publicado usted un volumen de versos titulado *La sonrisa de la primavera*?

—¡Sí, sí! —exclamó el joven, cuyo rostro se iluminó—. ¿Lo ha leído?

—Sí, muy bonitos sus versos, muy bonitos. Solamente que ¿espera vivir con lo que le proporcionen sus versos?

—Así es... un día u otro...

—Un día u otro... más bien el otro, ¿no es así? Y mientras tanto, ¿viene a pedirme algo para vivir?

—Algo para comer, señor.

Sernine le puso la mano sobre el hombro y habló con frialdad:

—Los poetas no comen, señor. Se nutren de rimas y de sueños. Hágalo así. Eso vale más que tender la mano.

El joven se estremeció ante el insulto. Sin decir palabra, se dirigió presuroso hacia la puerta.

Sernine lo detuvo.

—Una palabra más, señor. ¿No tiene ni el menor recurso?

—Ni el más mínimo.

—¿Y no cuenta con nada?

—Aún tengo una esperanza... Le he escrito a uno de mis parientes, suplicándole que me envíe algo. Tendré su respuesta hoy. Es el último plazo.

—Y si no recibe respuesta, está decidido, sin duda esta misma noche a...

—Sí, señor.

Esto se dijo de modo simple y claro.

Sernine se echó a reír.

—¡Dios! ¡Qué gracioso es usted, valiente joven! ¡Y qué ingenua convicción! Vuelva a verme el año próximo, ¿quiere...? Volveremos a hablar de todo esto... Es tan curioso, tan interesante... y tan cómico, sobre todo... ¡Ja, ja, ja!

Y sacudido por la risa, con gestos afectados y saludos, lo puso en la puerta.

—Philippe —dijo, abriendo la puerta al mozo de hotel—. ¿Escuchaste?

—Sí, patrón.

—Gérard Baupré espera esta tarde un telegrama, una promesa de socorro.

—Sí, su último cartucho.

—Es preciso que no reciba el telegrama. Si llega, recógelo y rómpelo.

—Bien, patrón.

—¿Estás solo en el hotel?

—Sí, solo con la cocinera que no duerme allí. El patrón está ausente.

—Bien. Somos los amos. Nos vemos esta noche a eso de las once. Ahora vete.

II

El príncipe Sernine pasó a su dormitorio y llamó a su criado.

—Mi sombrero, mis guantes y mi bastón. ¿El auto está aquí?

—Sí, señor.

Se arregló, salió y se acomodó en una amplia y cómoda limusina que lo llevó al bosque de Bolonia, a casa del marqués y de la marquesa de Gastyne, donde había sido invitado a almorzar.

A las dos y media dejó a sus anfitriones, se detuvo en la avenida Kléber, recogió a dos de sus amigos y a un médico y llegó al Parque de los Príncipes al cinco para las tres.

A las tres se batió a sable con el comandante italiano Spinelli, y en el primer asalto le cortó la oreja a su adversario; a las tres cuarenta y cinco, en el círculo de la calle Cambon, participó en un juego de cartas y se retiró de ahí a las cinco y veinte con una ganancia de cuarenta y siete mil francos. Y todo eso sin prisas, con una especie de altiva indiferencia, como si el endiablado movimiento que parecía arrastrar su vida en un torbellino de actos y de eventos fuera la regla de sus días más apacibles.

—Octave —le dijo a su chofer—, vamos a Garches.

Al diez para las seis descendía frente a los viejos muros del parque de Villeneuve.

Ahora desmembrada y dañada, la finca de Villeneuve aún conservaba algo del esplendor que disfrutó en la época en que la emperatriz Eugenia venía a dar a luz. Con sus viejos árboles, su estanque y el horizonte de follaje que despliegan los bosques de Saint-Cloud, el paisaje poseía gracia y melancolía.

Una parte importante de la propiedad fue donada al Instituto Pasteur. Una porción más pequeña, separada de la primera por todo el espacio reservado al público, formaba una propiedad todavía bastante amplia, en la cual se levantaban cuatro pabellones aislados en torno de la mansión de retiro.

«Es aquí donde vive Mme. Kesselbach», se dijo el príncipe al ver de lejos los techos de la casa y los cuatro pabellones.

Entretanto, atravesó el parque y se dirigió hacia el estanque.

De pronto se detuvo detrás de un macizo de árboles. Había visto a dos damas acodadas en el parapeto del puente sobre el estanque.

«Varnier y sus hombres deben estar en las inmediaciones. Pero, diablos, se ocultan demasiado bien, no lograría nada buscándolos».

Las dos damas caminaban sobre la hierba del prado, bajo los grandes y venerables árboles. El azul del cielo aparecía entre las ramas mecidas por una brisa calma, y flotaban en el aire aromas de primavera y de fresco verdor. En las pendientes cubiertas de hierba que descendían hacia el agua inmóvil, las margaritas, las pomerolas, las violetas, los narcisos, los lirios de los valles y todas las florecillas de abril y de mayo se agrupaban y formaban por todos lados constelaciones de muchos colores. El sol se inclinaba en el horizonte.

De pronto, tres hombres surgieron de un bosquecillo y salieron al encuentro de las paseantes. Las abordaron.

Hubo un intercambio de palabras. Las dos damas dieron muestras visibles de temor. Uno de los hombres avanzó hacia la más pequeña e intentó arrebatarle la bolsa de oro que llevaba en la mano.

Gritaron, y los tres hombres se abalanzaron sobre ellas.

«El momento de aparecer es ahora o nunca», se dijo el príncipe. Y corrió. En diez segundos había alcanzado la orilla del agua. Al verlo aproximarse, los tres hombres huyeron.

—¡Huid, bandidos! —dijo con sorna el príncipe—. Huid a toda prisa. Aquí llega el salvador.

Y se lanzó a perseguirlos. Pero una de las damas le suplicó:

—¡Oh! Señor, se lo ruego, mi amiga está enferma.

En efecto, la más pequeña de las paseantes estaba tendida sobre la hierba, desvanecida.

El príncipe volvió sobre sus pasos con preocupación:

—¿Está herida? ¿Acaso esos miserables...?

—No... no... fue el miedo solamente... la emoción... Y además... usted comprenderá... esta dama es Mme. Kesselbach...

—¡Oh! —dijo él.

Le ofreció un frasco de sales que la joven hizo respirar a su amiga. Agregó:

—Levante la amatista que sirve de tapón. Hay una cajita, y dentro de esa cajita, unas pastillas. Que la señora tome una, una nada más... es muy fuerte...

Miraba a la joven cuidar de su amiga. Era rubia, de aspecto sencillo, rostro dulce y serio, con una sonrisa que animaba sus rasgos incluso cuando no sonreía.

«Esta es Geneviève», pensó...

Y se repitió para sí, emocionado: «Geneviève... Geneviève...».

Entretanto, Mme. Kesselbach se reponía poco a poco. Sorprendida primero, parecía no comprender. Luego recuperó la conciencia y agradeció a su salvador inclinando la cabeza.

Entonces, el príncipe dijo:

—Permítame presentarme: soy el príncipe Sernine.

Ella respondió en voz baja:

—No sé cómo expresarle mi agradecimiento.

—No expresándolo, señora. Es al azar al que hay que agradecer, al azar que dirigió mi paseo por estos lados. Pero, ¿puedo ofrecerle mi brazo?

Unos minutos después, Mme. Kesselbach llamó al timbre en la mansión de retiro y dijo al príncipe:

—Le pediría un último favor, señor. No hable de este asalto.

—Sin embargo, señora, ese sería el único medio de saber...

—Para saber sería necesaria una investigación, y eso significaría aún más indagaciones sobre mi persona, interrogatorios, fatiga, y yo estoy al final de mis fuerzas.

El príncipe no insistió. Despidiéndose, preguntó:

—¿Me permitiría pedir noticias suyas?

—Por supuesto, señor...

Mme. Kesselbach le dio un beso a Geneviève y entró.

Entretanto, la noche comenzaba a caer y Sernine no quiso que Geneviève regresara sola. Pero, apenas iniciaban el sendero, cuando una silueta que salió de las sombras corrió hacia ellos.

—¡Abuela! —exclamó Geneviève.

Se arrojó en los brazos de una anciana que la cubrió de besos.

—¡Ah! ¡Querida! ¡Querida! ¿Qué pasó? ¡Qué tarde vienes! ¡Tú eres tan puntual!

Geneviève los presentó:

—Mme. Ernemont, mi abuela. El príncipe Sernine...

Luego relató el incidente y Mme. Ernemont dijo:

—¡Oh, querida!, ¡qué miedo debiste tener! No olvidaré esto jamás, señor, se lo juro... Pero, ¡qué miedo debiste tener, mi pobre querida!

—Vamos, abuelita, tranquilízate, aquí estoy...

—Sí, pero el miedo pudo haberte hecho daño... Nunca se saben las consecuencias... ¡Oh! Es horrible...

Pasaron a lo largo de un arbusto por encima del cual se divisaba un patio plantado de árboles, algunos macizos, un prado y una casa blanca.

Detrás de la casa se abría, al abrigo de un bosquecillo de saucos dispuesto en forma de pérgola, una pequeña reja.

La anciana rogó al príncipe Sernine entrar y lo condujo a un pequeño salón que servía al mismo tiempo de sala de visitas. Geneviève pidió permiso al príncipe para retirarse un instante para ir a ver a sus alumnas, para quienes era la hora de cenar. El príncipe y Mme. Ernemont se quedaron solos.

La anciana tenía un rostro pálido y triste bajo un cabello blanco con flequillo que terminaba en dos caireles. Corpulenta, de andar pesado, a pesar de su apariencia y ropas de dama, tenía algo un poco vulgar, pero sus ojos eran infinitamente bondadosos.

Mientras ella ponía en orden la mesa sin dejar de manifestar su inquietud, el príncipe Sernine se le acercó, le tomó la cabeza entre las manos y la besó en ambas mejillas.

—Y bien, vieja, ¿cómo estás?

Ella quedó desconcertada, los ojos desafiantes, la boca abierta.

El príncipe la besó de nuevo, riendo.

Ella tartamudeó:

—¡Tú! ¡Eres tú! ¡Ah! ¡Jesús María! ¡Jesús María! ¿Será posible? ¡Jesús María!

—¡Mi buena Victorie!

—No me llames así —exclamó ella, estremeciéndose—. Victorie ha muerto... Tu vieja nodriza ya no existe. Yo pertenezco por completo a Geneviève.

Y sin dejar de hablar en voz baja, agregó:

—¡Ah! Jesús... ya había leído tu nombre en los periódicos. ¿Entonces es verdad que reiniciaste tu mala vida?

—Ya lo ves.

—Me habías jurado, empero, que eso había acabado, que te retirabas para siempre, que querías convertirte en un hombre honrado.

—Lo intenté. Hace cuatro años que lo intento. No insinuarás que durante esos cuatro años di de qué hablar.

—¿Y bien?

—Y bien, eso me aburre.

Ella suspiró.

—Siempre el mismo. No has cambiado. ¡Ah! Está decidido, no cambiarás jamás. Así que, ¿estás en el asunto Kesselbach?

—¡Caray! Si no, ¿me hubiese molestado en organizar una agresión contra Mme. Kesselbach a las seis, para tener ocasión a las seis y cinco de arrancarla de las garras de mis hombres? Salvada por mí, está obligada a recibirme. Aquí estoy en el centro de todo, y mientras protejo a la viuda, observo los alrededores. ¡Ah! Qué quieres, la vida que llevo no me permite vagar y someterme a un régimen de mimos y aperitivos. Es preciso que actúe con golpes teatrales, con victorias brutales.

Ella lo miró desconcertada y balbució:

—Comprendo, comprendo... todo eso son mentiras... Pero entonces... Geneviève...

—¡Ah! Dos pájaros de un tiro. Lo mismo era salvar a una que a dos. Piensa en lo que he necesitado en tiempo, en esfuerzos inútiles quizá, para deslizarme en la intimidad de esta criatura. ¿Qué era yo para ella? ¿Qué sería aún? Un desconocido... un extraño. Ahora soy su salvador. Dentro de una hora seré su amigo.

Ella se puso a temblar.

—Así que no salvaste a Geneviève... Vas a mezclarnos en tus historias.

Y de pronto, en un acceso de rebeldía, agarrándolo por los hombros, dijo:

—Pues bien, no, ya tuve suficiente, ¿entiendes? Tú me trajiste a esta niña un día diciéndome: «Ten, te la confío. Sus padres están muertos. Ponla bajo tu cuidado». Bueno, aquí está bajo mi cuidado, y sabré defenderla contra ti y contra todos tus engaños.

De pie, con aplomo, los puños crispados y el rostro resuelto, Mme. Ernemont parecía lista para todas las eventualidades.

Tranquilamente, sin brusquedad, el príncipe Sernine se desprendió una por una de las dos manos que lo sujetaban y a su vez tomó a la anciana por los hombros, la sentó en un sillón, se inclinó hacia ella y en tono muy calmado le dijo:

—¡Caray!

Ella se echó a llorar, vencida enseguida, cruzando las manos ante Sernine:

—Te lo suplico, déjanos tranquilas. ¡Éramos tan felices! Creía que nos habías olvidado y yo bendecía al cielo cada vez que transcurría un día. Y sí... te quiero mucho, sin embargo... en cuanto a Geneviève, mira, no sé lo que haría por esta niña. Ella tomó tu lugar en mi corazón.

—Ya me di cuenta —respondió él riendo—. Tú me enviarías al diablo gustosa. ¡Vamos, basta de tonterías! No tengo tiempo que perder. Es preciso que hable con Geneviève.

—¡Le hablarás!

—Y bien, ¿acaso es un crimen?

—Y, ¿qué es lo que tienes que decirle?

—Un secreto... un secreto muy grave, muy conmovedor...

La vieja dama se asustó:

—¿Y que le causará sufrimiento quizá? ¡Oh! Temo todo... lo temo todo por ella...

—Hela aquí —dijo él.

—No, todavía no.

—Sí, sí, la oigo venir... Sécate los ojos y sé razonable...

—Escucha —dijo ella enardecida—. Escucha, no sé qué palabras pronunciarás, qué secreto revelarás a esta niña que no conoces. Pero yo que la conozco, te digo esto: Geneviève es de una naturaleza valiente, fuerte, pero muy sensible. Ten cuidado con tus palabras. Podrías herir en ella sentimientos que ni siquiera sospechas.

—¿Y por qué, Dios mío?

—Porque ella es de un temple diferente del tuyo, de otro mundo... hablo de otro mundo moral... Hay cosas que te está vedado comprender ahora. Entre ambos el obstáculo es infranqueable... Geneviève tiene la conciencia más pura y más elevada... y tú...

—¿Y yo?

—Y tú... tú no eres un hombre honesto.

III

Geneviève entró vivaz y encantadora.

—Todas mis pequeñas están en el dormitorio, tengo diez minutos de respiro... Y bien, abuela, ¿qué pasa? Tienes una cara muy peculiar... ¿Es por esa historia?

—No, señorita —dijo Sernine—, creo que tuve la fortuna de tranquilizar a su abuela. Solo hablábamos de usted, de su infancia y, al parecer, este es un tema que su abuela no aborda sin emoción.

—¿De mi infancia? —dijo Geneviève ruborizándose—. ¡Ay, abuela!

—No la regañe, señorita, fue el azar el que llevó la conversación por esa dirección. Ocurre que yo he pasado a menudo por la pequeña aldea en donde usted se crio.

—¿Aspremont?

—Aspremont, cerca de Niza... Usted habitaba allí una casa nueva, toda blanca...

—Sí —dijo ella—, toda blanca, con un poco de pintura azul alrededor de las ventanas. Yo era muy niña, pues salí de Aspremont a los siete años, pero recuerdo hasta las cosas más pequeñas de esa época. Y no he olvidado el resplandor del sol sobre la fachada blanca, ni la sombra del eucalipto al fondo del jardín.

—Al fondo del jardín, señorita, había un campo de olivos, y, bajo uno de esos olivos, una mesa donde su madre trabajaba los días de calor...

—Es cierto, es cierto —afirmó emocionada—. Y yo jugaba a su lado.

—Y es allí —dijo él— donde vi a su madre varias veces. En cuanto la vi a usted reviví esa imagen... más alegre, más feliz.

—Mi pobre madre, en efecto, no era feliz. Mi padre murió el día que yo nací, y nada pudo consolarla. Lloraba mucho. Guardé de esa época un pañuelito con el que yo secaba sus lágrimas.

—Un pañuelito con dibujos rosas.

—¡Cómo! —dijo, presa del asombro—. Usted sabe...

—Estuve allí un día en que usted la consolaba... Y la consolaba con tanta dulzura que la escena se quedó grabada en mi memoria.

Ella lo miró profundamente y murmuró, casi para sí misma:

—Sí, sí... me parece... la expresión de sus ojos y también el timbre de su voz...

Bajó los párpados un momento y se concentró como si tratara en vano de aclarar un recuerdo que se le escapaba. Y agregó:

—Entonces, ¿usted la conocía?

—Tenía amigos cerca de Aspremont, en cuya casa me la encontraba. La última vez me pareció aún más triste, más pálida, y cuando volví...

—Había acabado, ¿no es así? —dijo Geneviève—. Sí, se fue muy rápido, a las pocas semanas... y yo me quedé sola con unos vecinos que la velaban. Una mañana se la llevaron... Y por la noche, mientras yo dormía, vino alguien que me tomó en sus brazos y me envolvió en mantas.

—¿Un hombre? —dijo el príncipe.

—Sí, un hombre. Me hablaba muy bajo, muy despacio... su voz me hacía bien... y mientras me llevaba por el camino, y luego en auto por la noche, me mecía y me contaba historias... con su misma voz... con su misma voz...

Poco a poco se había interrumpido y lo miraba de nuevo, aún más profundamente, haciendo un esfuerzo visible por capturar la impresión fugaz que la rozaba por instantes.

Él le dijo:

—¿Y después? ¿Adónde la condujo?

—Allí mi recuerdo es vago... como si hubiera dormido por días... Aparece entonces la región de Vendée, donde pasé la segunda mitad de mi infancia, en Montégut, en casa del padre y la madre Izereau, gente buena que me alimentó, me educó, y cuya dedicación y ternura nunca olvidaré.

—¿También murieron?

—Sí —dijo ella—. Una epidemia de fiebre tifoidea en la región... Pero no lo supe sino hasta mucho después... Al inicio de su enfermedad me llevaron como la primera vez y en las mismas condiciones, por la noche, alguien que me envolvió igualmente en mantas... Solo que ya era mayor. Luché, quise gritar... y él me tapó la boca con un pañuelo.

—¿Qué edad tenía?

—Catorce años... Hace cuatro años de eso.

—Entonces, ¿pudo distinguir a ese hombre?

—No, se ocultaba y no me dijo ni una sola palabra. Sin embargo, siempre he pensado que era el mismo, pues guardo el recuerdo de la misma actitud solícita, los mismos gestos atentos, cautelosos.

—¿Y después?

—Después, como la vez anterior, hay olvido, sueño... Esa vez estuve enferma, al parecer, tuve tifus... Y me desperté en una habitación alegre y clara. Una señora de cabello blanco estaba inclinada sobre mí y me sonreía... Era la abuela... y la habitación es la que ocupo aquí arriba.

Había recobrado su cara feliz, su bonita expresión luminosa, y sonriendo, terminó:

—Y he ahí cómo Mme. Ernemont me encontró una noche en el umbral de su puerta, al parecer dormida; cómo me recogió, cómo se convirtió en mi abuela y cómo, después de algunas pruebas, la joven de Aspremont disfruta de las alegrías de una existencia tranquila y enseña cálculo y gramática a unas niñas rebeldes o perezosas... pero que la quieren mucho.

Se expresaba alegremente, con un tono reflexivo y vivaz; en ella se sentía el equilibrio de un carácter razonable.

Sernine la escuchaba con creciente sorpresa y, sin pretender disimular su turbación, le preguntó:

—¿Jamás oyó hablar de ese hombre después?

—Jamás.

—¿Y se alegraría de volver a verlo?

—Sí, me alegraría mucho.

—Pues bien, señorita...

Geneviève se estremeció:

—Usted sabe algo... ¿la verdad acaso?

—No, no, solo...

Él se levantó y se paseó por la habitación. A ratos, su mirada se detenía sobre Geneviève y parecía que estaba a punto de responder con palabras más precisas a la pregunta que ella le había hecho. ¿Iba a hablar?

Mme. Ernemont esperaba con angustia la revelación de aquel secreto del cual podía depender la tranquilidad de la joven.

Regresó y se sentó junto a Geneviève, aún parecía vacilar. Finalmente, le dijo:

—No, no... me había venido una idea... un recuerdo.

—¿Un recuerdo...? ¿Y entonces?

—Me he equivocado. Hubo en su relato ciertos detalles que me indujeron a error.

—¿Está seguro?

Él dudó una vez más y luego afirmó:

—Absolutamente seguro.

—¡Vaya! —dijo ella, decepcionada—. Creí adivinar... que usted conocía...

No terminó, esperando una respuesta a la pregunta que le planteaba sin atreverse a formularla por completo.

Él calló. Entonces, sin insistir más, se inclinó sobre Mme. Ernemont:

—Buenas noches, abuela; mis pequeñas ya deben estar en la cama, pero ninguna podrá dormir si no les doy un beso.

Tendió la mano al príncipe.

—Gracias de nuevo.

—¿Se marcha? —dijo él con vehemencia.

—Perdóneme, mi abuela lo acompañará.

Él se inclinó ante ella y le besó la mano. En el momento de abrir la puerta, ella volteó y sonrió.

Luego desapareció.

El príncipe oyó el ruido de sus pasos que se alejaban y no se movió, su rostro estaba pálido de emoción.

—¿Y bien?—dijo la anciana—, no has hablado.

—No...

—Ese secreto...

—Después... Hoy... es extraño... no pude.

—¿Era entonces tan difícil? ¿No presentía ella que tú eras el desconocido que dos veces se la había llevado? Bastaba una palabra...

—Más tarde... más tarde... —dijo él, recobrando toda su confianza—. Tú lo comprendes... esta niña apenas me conoce... Es preciso, primero, que me gane el derecho a su afecto, a su ternura... Cuando le haya dado la existencia que merece, una existencia maravillosa como las que se ven en los cuentos de hadas, entonces hablaré.

La anciana inclinó la cabeza:

—Temo mucho que te equivoques... Geneviève no tiene necesidad de una existencia maravillosa. Tiene gustos sencillos.

—Tiene los gustos de todas las mujeres, y la fortuna, el lujo y el poder procuran alegrías que ninguna de ellas desprecia.

—Sí, Geneviève, y harías mejor...

—Ya veremos. Por el momento, déjamelo a mí. Y tranquila, no tengo intención, como afirmas, de mezclar a Geneviève en todas mis intrigas. Apenas si me verá... Solamente que era preciso ponerse en contacto... Ya está hecho... Adiós.

Salió de la escuela y se dirigió a su automóvil.

Iba feliz.

—Es encantadora y tan dulce, ¡tan seria! Los ojos de su madre, esos ojos que me enternecían hasta las lágrimas. ¡Dios mío! ¡Qué lejano está todo eso! Y qué hermoso recuerdo... un poco triste, ¡pero tan hermoso!

Y dijo en voz alta:

—Me ocuparé de su felicidad. ¡Y de inmediato! ¡Desde esta noche! ¡Perfectamente, a partir de esta noche tendrá un prometido! ¿No es esta la condición de la felicidad para las mujeres jóvenes?

IV

Encontró su automóvil en la carretera principal.

—A mi casa —dijo a Octave.

Ya en casa, pidió comunicación con Neuilly, dio instrucciones por teléfono a su amigo, al que llamaba El Doctor, y se vistió.

Cenó en el círculo de la calle Cambon, pasó una hora en la Ópera y volvió a su auto.

–A Neuilly, Octave. Vamos a buscar al Doctor. ¿Qué hora es?

—Las diez y media.

—¡Diablos! ¡Apúrate!

Diez minutos después, el auto se detuvo al extremo del bulevar Inkermann, delante de una mansión aislada. A la señal de la bocina, El Doctor bajó. El príncipe le preguntó:

—¿El individuo está listo?

—Empaquetado, amarrado y sellado.

—¿En buen estado?

—Excelente. Si todo sucede como usted me ha dicho, la policía no verá más que fuego.

—Ese es su deber. Carguémoslo.

Transportaron al auto una suerte de costal alargado que tenía la forma de un individuo y que parecía bastante pesado...

El príncipe dijo:

—A Versalles, Octave, calle Vilaine, delante del hotel Deux Empereurs.

—Pero ese es un hotelucho —señaló El Doctor—. Yo lo conozco.

—¿A quién se lo dices? Y la tarea será dura, al menos para mí... Pero, ¡diantres!, no cedería mi lugar ni por una fortuna. ¿Quién puede decir que la vida es monótona?

***

El hotel Deux Empereurs... un callejón fangoso... dos peldaños para bajar y se entra en un pasillo donde ilumina la luz de una lámpara. Con el puño, Sernine golpeó una pequeña puerta.

Apareció un mozo de hotel. Era Philippe, el mismo a quien esa mañana Sernine había dado órdenes sobre Gérard Baupré.

Con el puño, Sernine golpeó contra una pequeña puerta.

—¿Está todavía aquí? —preguntó el príncipe.

—Sí.

—¿La cuerda?

—El nudo está hecho.

—¿No ha recibido el telegrama que esperaba?

—Aquí está, lo intercepté.

Sernine tomó el papel azul y leyó.

—¡Caray! —dijo con satisfacción—. Ya era hora. Le anuncian para mañana un billete de mil francos. Vamos, la suerte me favorece. Faltan quince minutos para la medianoche. Dentro de un cuarto de hora, ese pobre diablo se lanzará a la eternidad. Lléveme, Philippe. Quédate allí, Doctor.

El mozo tomó la lámpara. Subieron al tercer piso y luego siguieron caminando de puntillas por un pasillo bajo y maloliente, lleno de áticos, que remataba en una escalera de madera donde se enmohecían los vestigios de una alfombra.

—¿Nadie podrá oírme? —preguntó Sernine.

—Nadie. Las dos habitaciones están aisladas. Pero no se equivoque, él está en la de la izquierda.

—Bien, ahora baja. A medianoche, trae al individuo adonde estamos y espera... Hazlo con El Doctor y Octave.

La escalera de madera tenía diez peldaños que el príncipe subió con infinito cuidado... En lo alto, un descanso y dos puertas... Le tomó cinco largos minutos a Sernine abrir la de la derecha sin que un chirrido rompiera el silencio.

En la sombra de la habitación brillaba una luz. A tientas, para no golpear una de las sillas, se dirigió hacia esa luz. Provenía del cuarto vecino y se filtraba a través de una puerta de vidrio cubierta por un trozo de tela. El príncipe apartó la tela. Los cristales estaban sucios, dañados, rayados en partes, de manera que al asomarse se podía ver fácilmente todo cuanto ocurría en la otra habitación.

Allí, de frente, vio a un hombre sentado ante una mesa. Era el poeta Gérard Baupré. Escribía a la luz de una vela.

Por encima de él colgaba una cuerda sujeta a un gancho fijado al techo. El extremo inferior de la cuerda remataba en un nudo corredizo.

Una débil campanada sonó en un reloj de la ciudad.

«Cinco minutos para la medianoche», pensó Sernine. «Cinco minutos aún».

El joven seguía escribiendo. Al cabo de un instante dejó la pluma, ordenó las diez o doce hojas de papel que había ennegrecido de tinta y se puso a releerlas.

La lectura no pareció agradarle, pues una expresión de descontento se asomó en su rostro. Rasgó su manuscrito y quemó los trozos en la llama de la vela.

Luego, con mano febril, trazó algunas palabras sobre una hoja en blanco, firmó bruscamente y se paró.

Pero, al ver la cuerda a diez pulgadas por encima de su cabeza, se sentó de golpe con un gran escalofrío de espanto.

Sernine veía claramente su rostro pálido, sus delgadas mejillas contra las cuales apretaba los puños crispados. Cayó una lágrima, una sola, lenta y desolada. Los ojos miraban al vacío, ojos espantosos de tristeza, que parecían ya ver la temible *nada*.

¡Y era un rostro tan joven! ¡Unas mejillas todavía tan tiernas, no marcadas aún por la cicatriz de arruga alguna! Y unos ojos azules, de un azul de cielo oriental...

Medianoche... las doce campanadas trágicas de la medianoche, a las cuales tantos desesperados han aferrado el último segundo de su existencia. A la decimosegunda se irguió de nuevo, y esta vez valiente, sin temblar, miró la cuerda siniestra. Incluso intentó sonreír, una pobre sonrisa, lamentable mueca del condenado de quien la muerte ya se ha apoderado.

Rápidamente subió sobre la silla y tomó la cuerda con una mano. Permaneció allí un instante, inmóvil, no porque dudara o le faltara valor, sino porque era el instante supremo, el minuto de gracia que se concede antes del gesto fatal.

Contempló la habitación infame donde el malvado destino lo había acorralado, el tapiz espantoso de las paredes, la miserable cama...

Sobre la mesa, ni un libro: todo había sido vendido. Ni una fotografía, ni un sobre. Ya no tenía ni padre ni madre ni más familia. ¿Qué lo ataba a la existencia?

Con un movimiento brusco, metió la cabeza en la cuerda y tiró de ella hasta que el nudo le apretó bien el cuello, y, derribando la silla con ambos pies, saltó al vacío.

V

Transcurrieron diez segundos, veinte segundos, veinte segundos estupendos, eternos...

El cuerpo había sufrido dos o tres convulsiones. Las piernas instintivamente habían buscado un punto de apoyo.

Ahora ya nada se movía...

Unos segundos más... La pequeña puerta de vidrio se abrió.

Sernine entró.

Sin la menor prisa, tomó la hoja de papel donde el joven había puesto su firma y leyó:

> Cansado de la vida, enfermo, sin dinero, sin esperanza, me mato. Que no se acuse a nadie de mi muerte.
>
> *30 de abril*
>
> *Gérard Baupré*

Volvió a poner la hoja sobre la mesa, bien a la vista, acercó la silla y la colocó bajo los pies del joven. Él mismo subió a la mesa y, sosteniendo el cuerpo apretado contra él, lo irguió, aflojó el nudo corredizo y lo sacó por la cabeza. El cuerpo se dobló entre sus brazos. Lo dejó deslizarse a lo largo de la mesa y, saltando al suelo, lo tendió sobre la cama.

Después, siempre con la misma parsimonia, entreabrió la puerta de salida.

—¿Están ahí todos? —murmuró.

Cerca, al pie de la escalera de madera, alguien respondió:

—Aquí estamos los tres. ¿Hora de subir nuestro paquete?

—¡Vamos!

Tomó la vela y les alumbró el camino. A duras penas, los tres hombres subieron la escalera cargando el costal en el que estaba amarrado el individuo.

—Aquí —les dijo señalando la mesa.

Con ayuda de un cortaplumas, cortó las cuerdas que rodeaban el costal. Apareció una sábana blanca y la apartó. En esa sábana había un cadáver, el cadáver de Pierre Leduc.

—Pobre Pierre Leduc —dijo Sernine—. ¡Jamás sabrás lo que te has perdido muriendo tan joven! Yo te hubiera llevado lejos, muchacho. De todos modos, prescindiremos de tus servicios... Vamos, Philippe, súbete a la mesa, y tú, Octave, a la silla. Hay que levantar la cabeza y ponerle el nudo corredizo.

Dos minutos después, el cuerpo de Pierre Leduc se balanceaba al final de la cuerda.

—Perfecto, no es más difícil que esto, una sustitución de cadáveres. Y ahora a retirarse. Todos. Tú, Doctor, volverás aquí mañana por la mañana; te enterarás del suicidio del señor Gérard Baupré, aquí está su carta de adiós, harás llamar al médico forense y al comisario, te las arreglarás para que ni uno ni otro constaten que el difunto tiene un dedo cortado y una cicatriz en la mejilla.

—Fácil.

—Y te las arreglarás para que el acta se escriba enseguida y dictada por ti.

—Fácil.

—Finalmente, evita que lo envíen a la morgue y que se dé permiso para su inhumación inmediata.

—Menos fácil.

—Inténtalo. ¿Has examinado a este?

Y señaló al joven que yacía inerte sobre la cama.

—Sí —afirmó el Doctor—. La respiración regresa a la normalidad. Pero se arriesgó mucho... la carótida pudo...

—Quien no arriesga... ¿En cuánto tiempo recobrará el conocimiento?

—De aquí a unos minutos.

—Bien. ¡Ah! No te marches todavía, Doctor. Quédate abajo. Tu papel no ha terminado esta noche.

Ya solo, el príncipe encendió un cigarrillo y fumó tranquilamente, lanzando hacia el techo pequeños anillos de humo azul.

Un suspiro lo sacó de su ensoñación. Se acercó al lecho. El joven comenzaba a agitarse y su pecho subía y bajaba violentamente, como quien duerme bajo la influencia de una pesadilla.

Se llevó las manos a la garganta, como si sintiera dolor, y este gesto lo levantó de golpe, aterrorizado, jadeante...

Entonces, vio frente a él a Sernine.

—¡Usted! —murmuró sin comprender—. ¡Usted!

Lo contempló con mirada estupefacta, como si hubiese visto un fantasma. De nuevo, tocó su garganta, palpó el cuello, la nuca... Y de pronto lanzó un grito ronco, una locura de espanto agrandó sus ojos, erizó el cabello de su cráneo ¡y lo sacudió entero como una hoja! El príncipe se había escondido y vio... veía al ahorcado al final de la cuerda.

Retrocedió hasta la pared. Ese hombre, ese ahorcado, ¡era él! Era él mismo... Estaba muerto y se veía muerto. ¿El sueño atroz que sigue al deceso? ¿La alucinación de aquellos que ya no están, pero cuyo cerebro trastornado palpita aún con un resto de vida?

Sus brazos se agitaron en el aire. Por un momento, pareció defenderse contra la innoble visión. Luego, extenuado, vencido una segunda vez, se desvaneció.

—Maravilloso —se burló el príncipe—. Naturaleza sensible, impresionable. En estos momentos el cerebro está desconcertado... Vamos, el instante es propicio... Pero si no resuelvo el asunto en veinte minutos, se me escapa.

Empujó la puerta que separaba los dos áticos, volvió al lecho, alzó al joven y lo transportó a la cama del otro cuarto. Después, le mojó las sienes con agua fría y lo hizo respirar sales.

El desmayo esta vez no fue largo. Tímidamente, Gérard entreabrió los párpados y alzó los ojos hacia el techo. La visión había acabado. Pero la disposición de los muebles, la posición de la mesa de la chimenea y otros detalles... todo le sorprendió, y, además, el recuerdo de su acto, el dolor que sentía en la garganta... Le dijo al príncipe:

—He tenido un sueño, ¿no es así?

—No.

—¿Cómo no?

De pronto, recordó:

—¡Ah! Es verdad, lo recuerdo... Quise morir... y hasta...

Se irguió ansioso.

—Pero, ¿el resto? ¿La visión?

—¿Qué visión?

—El hombre... la cuerda... ¿Eso fue un sueño?

—No —afirmó Sernine—. Eso también es la realidad...

—¿Qué dice usted? ¿Qué dice usted? ¡Oh! No... no... se lo ruego ... ¡despiérteme si aún duermo...! ¡o bien, que me muera! Pero estoy muerto, ¿no es así? Y esto es la pesadilla de un cadáver... ¡Ah! Siento que pierdo la razón... Se lo ruego...

Sernine colocó suavemente su mano sobre el cabello del joven y se inclinó hacia él:

—Escúchame... escúchame bien y comprende. Estás vivo. Tu esencia y tu pensamiento son idénticos y viven. Pero Gérard Baupré está muerto. Me comprendes, ¿no es así? El ser social que llevaba el nombre de Gérard Baupré ya no existe. Lo has eliminado. Mañana, en los registros del estado civil, frente a ese nombre que llevabas, se inscribirá la anotación: «Fallecido» y la fecha de tu deceso.

—¡Mentira...! —balbució el joven, aterrado—. ¡Mentira! Puesto que estoy aquí, yo, Gérard Baupré.

—Tú no eres Gérard Baupré —le contestó Sernine. Señaló la puerta abierta.

—Gérard Baupré está allí, en la habitación vecina. ¿Quieres verlo? Está suspendido del clavo de donde tú lo colgaste. Sobre la mesa se encuentra la carta con la cual tú firmaste su muerte. Todo eso está en regla, todo eso es definitivo. No hay marcha atrás en este hecho irrevocable y brutal: ¡Gérard Baupré ya no existe!

El joven escuchó desconcertado.

Más tranquilo ahora que los hechos adquirían un significado menos trágico, empezaba a comprender.

—¿Entonces? —murmuró.

—Entonces, hablemos.

—Sí... sí... hablemos.

—¿Un cigarro? —dijo el príncipe—. ¿Aceptas...? ¡Ah! Ya veo que te aferras a la vida. Tanto mejor, nos entenderemos, y rápidamente.

Encendió el cigarro del joven, el suyo, y enseguida, en pocas palabras, con voz seca, se explicó:

—El finado Gérard Baupré estaba cansado de vivir, enfermo, sin dinero ni esperanza. ¿Quieres ser saludable, rico y poderoso?

—No lo entiendo.

—Es muy sencillo. La casualidad te ha puesto en mi camino, eres joven, buen mozo, poeta, eres inteligente y, como tu acto de desesperación lo demuestra, de gran honradez. Esas son cualidades que rara vez se encuentran reunidas. Yo las estimo y las tomo a cuenta mía.

—No están en venta.

—¡Imbécil! ¿Quién te habla de venta o de compra? Guárdate tu conciencia. Es una joya demasiado preciosa para que yo te la quite.

—Entonces, ¿qué es lo que me pide?

—¡Tu vida!

Señaló la garganta aún dolorida del joven:

—¡Tu vida! Tu vida, que no has sabido emplear. Tu vida, que has malogrado, perdido, destruido, y que yo pretendo rehacer, según un ideal de belleza, de grandeza y de nobleza que te darían vértigo, pequeñuelo, si entrevieras el abismo en que se hunde mi pensamiento secreto...

Había tomado entre sus manos la cabeza de Gérard y continuó con un énfasis irónico:

—¡Eres libre! ¡Nada de ataduras! ¡Ya no tienes que sufrir el peso de tu nombre! Has borrado ese número de matrícula que la sociedad había impreso sobre ti como un hierro candente sobre tu espalda. ¡Eres libre! En este mundo de esclavos en el que cada cual porta su etiqueta, tú puedes ir y venir, desconocido, invisible como si poseyeras el anillo de Giges... o bien, escoger tu etiqueta, ¡la que te agrade! ¿Comprendes? ¿Comprendes el tesoro magnífico que representas para un artista, para ti si lo quieres? ¡Una vida virgen, nueva! Tu vida es la cera que tienes el derecho a modelar a tu gusto, conforme a las fantasías de tu imaginación o los consejos de tu razón.

El joven hizo un gesto de cansancio.

—¿Y? ¿Qué quiere que haga con ese tesoro? ¿Qué he hecho hasta ahora? ¡Nada!

—Dámelo.

—¿Qué podría hacer usted con él?

—Todo. Si tú no eres un artista, yo sí soy uno, ¡yo! Y entusiasta, inagotable, indomable, desbordante. Si tú no posees el fuego sagrado, yo lo tengo, ¡yo! Donde tú has fracasado, yo triunfaré, ¡yo! Dame tu vida.

—¡Palabras...! ¡Promesas...! —exclamó el joven, cuyo rostro se animaba—. ¡Sueños vacíos! ¡Yo sé bien lo que valgo! Conozco mi cobardía, mi desaliento, mis esfuerzos fallidos, toda mi miseria. Para comenzar, mi vida requeriría una voluntad que no tengo...

—Yo tengo la mía...

—Amigos...

—Los tendrás.

—Recursos...

—Yo te los aportaré. ¡Y qué recursos! No tendrás más que tomarlos, como se tomarían de una caja mágica.

—Pero, ¿quién es usted, pues? —exclamó el joven con desconcierto.

—Para los demás, el príncipe Sernine... Para ti, ¡qué importa! Soy más que príncipe, más que rey, más que emperador.

—¿Quién es usted? ¿Quién es usted? —balbució Baupré.

—El maestro... Aquel que quiere y que puede... aquel que actúa... No hay límites para mi voluntad, no los hay para mi poder. Soy más rico que el más rico, porque su fortuna me pertenece... Soy más poderoso que los más fuertes, pues su fuerza está a mi servicio.

Tomó de nuevo la cabeza del joven y lo miró fijamente.

—Sé tú también rico... sé fuerte... es la felicidad lo que te ofrezco... es la dulzura de vivir... la paz para tu cerebro de poeta... y también es la gloria. ¿Aceptas?

—Sí... sí... —murmuró Gérard, deslumbrado y dominado—. ¿Qué debo hacer?

—Nada.

—Pero...

—Nada, te digo. Todo el andamiaje de mis proyectos descansa sobre ti, pero tú no cuentas. No tienes un papel activo. Por el momento, no eres más que un extra, ¡ni siquiera eso!, un peón que yo muevo.

—¿Qué haré?

—Nada... ¡versos! Vivirás a tu capricho. Tendrás dinero. Gozarás de la vida. Yo ni siquiera me ocuparé de ti. Te lo repito, no tendrás un papel en mi aventura.

—Y, ¿quién seré yo?

Sernine extendió el brazo y señaló el cuarto vecino.

—Tomarás el lugar de ese. *Tú eres ese.*

Gérard se estremeció de repulsión y asco.

—¡Oh, no! Ese está muerto... y, además, es un crimen. No, yo quiero una vida nueva, hecha por mí, imaginada por mí... un nombre desconocido...

—¡Ese, te digo! —exclamó Sernine con energía y autoridad irresistible—. ¡Serás ese y ningún otro! Ese, porque su destino es magnífico, porque su nombre es ilustre y te transmite una herencia de diez siglos de nobleza y de orgullo.

—Es un crimen —gimió Baupré, desfallecido.

—Serás ese —profirió Sernine con violencia inusitada—. ¡Ese! Si no, volverás a ser Baupré, y sobre Baupré tengo derechos de vida y muerte. ¡Elige!

Sacó su revólver, lo amartilló y apuntó al joven.

—¡Elige! —repitió.

La expresión de su rostro era implacable. Gérard sintió miedo y se dejó caer sobre la cama sollozando.

—¡Quiero vivir!

—¿Lo quieres firmemente, irrevocablemente?

—¡Sí, mil veces sí! Después de la cosa pavorosa que intenté hacer, la muerte me espanta... Todo... ¡todo antes que la muerte! ¡Todo!, el sufrimiento, el hambre, la enfermedad, todas las torturas, todas las infamias; el crimen mismo, si es preciso, pero no la muerte.

Temblaba de fiebre y de angustia, como si la gran enemiga rondara aún en torno a él y se sintiera impotente para huir de sus garras.

El príncipe redobló sus esfuerzos y con voz apasionada, teniéndolo bajo él como una presa, dijo:

—No te pido nada imposible, nada malo... Si algo pasa, soy responsable... No... nada de crimen, un poco de sufrimiento, a lo sumo, un poco de tu sangre que correrá. Pero, ¿qué es, al lado del terror de morir?

—El sufrimiento me es indiferente.

—Entonces, ¡enseguida! —clamó Sernine—. ¡Enseguida! Diez segundos de sufrimiento, y eso será todo... diez segundos, y la vida del otro te pertenecerá.

Lo sujetó por la cintura e, inclinado sobre una silla, puso la mano izquierda del joven sobre la mesa, con los cinco dedos extendidos. Rápidamente sacó un cuchillo de su bolsillo, presionó el filo contra el dedo meñique, entre el primer y el segundo nudillo, y ordenó:

—¡Golpea! ¡Golpéate tú mismo! ¡Un puñetazo y eso es todo!

Le había tomado la mano derecha y trataba de que golpeara la otra como con un martillo. Gérard se retorció convulsionado de horror. Comprendía.

—¡Jamás! —tartamudeó—. ¡Jamás!

—¡Golpea! Un golpe y listo, un golpe y serás como este hombre, nadie te reconocerá.

—Su nombre...

—Golpea primero.

—¡Jamás! ¡Oh!, ¡qué suplicio! Se lo ruego, más tarde.

—Ahora, así lo quiero, es preciso.

—No, no... no puedo.

—¡Que golpees, imbécil!, es la fortuna, la gloria, el amor...

Gérard levantó el puño en un impulso.

—El amor —dijo—. Sí... por eso sí...

—Amarás y serás amado —profirió Sernine—. Tu novia te espera. Soy yo quien la ha escogido. Es más pura que las más puras, más bella que las más bellas. Pero es preciso que la conquistes. ¡Golpea!

El brazo se contrajo para el movimiento fatal, pero el instinto fue más fuerte. Una energía sobrehumana convulsionó al joven. Bruscamente se liberó de los brazos de Sernine y huyó.

Corrió como un loco hacia el otro cuarto. Un aullido de terror se le escapó a la vista del abominable espectáculo y regresó para caer junto a la mesa, de rodillas ante Sernine.

—¡Golpea! —dijo este extendiéndole de nuevo los cinco dedos y acercando la hoja del cuchillo.

Fue mecánico. Con gesto de autómata, los ojos extraviados, el rostro lívido, el joven levantó el puño y golpeó.

—¡Ah! —exclamó gimiendo de dolor.

El pequeño trozo de carne había saltado. La sangre fluía. Por tercera vez se desvaneció.

Sernine lo miró unos segundos y dijo lentamente:

—¡Pobre muchacho...! Te lo compensaré y centuplicado. Yo siempre pago con generosidad.

Bajó y fue al encuentro del Doctor.

—Se acabó. Es tu turno... Sube las escaleras y haz una incisión en su mejilla derecha, similar a la de Pierre Leduc. Es preciso que ambas cicatrices sean idénticas. En una hora, vendré a recogerlo.

—¿Adónde va usted?

—A tomar aire. Tengo el corazón roto.

Afuera respiró hondo, luego, encendió otro cigarro.

—Una buena jornada —murmuró—. Un poco cargada, un poco fatigante, pero fecunda, verdaderamente fecunda. Heme aquí, amigo de Dolores Kesselbach. Heme aquí, amigo de Geneviève. Me he fabricado un nuevo Pierre Leduc muy presentable y enteramente devoto a mí. En fin, he encontrado para Geneviève un marido como no se encuentra por docenas.

Ahora mi tarea ha concluido. No tengo más que recoger el fruto de mis esfuerzos. A usted le toca trabajar, señor Lenormand. Yo ya estoy listo.

Y agregó, pensando en el pobre mutilado a quien había deslumbrado con sus promesas:

«Solo que... ignoro por completo quién era ese Pierre Leduc cuyo lugar le he atribuido generosamente a este buen joven. Y eso es molesto, porque, después de todo, ¡nada me prueba que Pierre Leduc no fuera el hijo de un carnicero!».

IV

M. Lenormand pone manos a la obra

UNO

El 31 de mayo por la mañana, todos los periódicos recordaban que Lupin, en una carta escrita a M. Lenormand, había anunciado para esa fecha la fuga del ujier Jérôme. Y uno de ellos resumía muy bien la situación en ese día:

> La horrible carnicería del hotel Palace se remonta al 17 de abril. ¿Qué se ha descubierto desde entonces? Nada.
>
> Se tenían tres indicios: la cigarrera, las letras L y M y el paquete de ropa abandonado en la oficina del hotel. ¿Qué beneficio se obtuvo de ello? Ninguno.
>
> Se sospecha, al parecer, de uno de los viajeros que habitaban en el primer piso y cuya desaparición parece dudosa. ¿Se le encontró? ¿Se estableció su identidad? No.
>
> Así pues, el drama es tan misterioso como al inicio, las tinieblas tan espesas.
>
> Para completar este cuadro, se nos asegura que habría desacuerdo entre el prefecto de policía y su subordinado M. Lenormand, y que este, apoyado con menos vigor por el presidente del Consejo, prácticamente habría presentado su renuncia hace varios días. El asunto Kesselbach sería retomado por M. Weber, subjefe de la *Sûreté* y enemigo personal de M. Lenormand.
>
> En suma, impera el desorden, la anarquía.

Frente a ello está Lupin, es decir, el método, la energía y el espíritu de seguir adelante.

¿Nuestra conclusión? Será breve. Lupin liberará a su cómplice hoy, 31 de mayo, como lo ha predicho.

Esta conclusión, que se encontraba en todos los demás periódicos, era la misma que el público había adoptado. Y es preciso creer que la amenaza no había dejado de llegar a lo alto, pues el prefecto de policía y Weber, subjefe de la *Sûreté*, en ausencia de M. Lenormand, supuestamente enfermo, habían tomado las medidas más rigurosas, tanto en el Palacio de Justicia como en la prisión de la Santé, donde se encontraba el detenido.

Por pudor no se atrevieron suspender ese día los interrogatorios cotidianos del señor Formerie, pero desde la prisión hasta el bulevar del Palacio de Justicia, una verdadera movilización de fuerzas de policía vigilaban las calles del trayecto.

Para gran sorpresa de todos, pasó el 31 de mayo y la anunciada evasión no se produjo.

Sí hubo algo, un comienzo de ejecución que se tradujo en un atasco de tranvías, autobuses y camiones al paso del coche celda y la rotura inexplicable de una de las ruedas de ese coche. Pero la tentativa no llegó más allá, fue un fracaso. El público se sintió casi decepcionado y el triunfo de la policía fue total. Pero el día siguiente, sábado, un rumor increíble se extendió por el Palacio de Justicia y corrió por las redacciones: el ujier Jérôme había desaparecido.

¿Era posible?

Aunque las ediciones especiales confirmaran la noticia, la gente se negaba a creerla. Pero, a las seis, una nota publicada por el *Dépéche du Soir* la hizo oficial:

Recibimos la siguiente comunicación, firmada por Arsène Lupin. El sello especial en ella, que es conforme con la última circular que dirigió a la prensa, nos certifica la autenticidad del documento.

Señor director

Discúlpeme con el público por no haber cumplido mi palabra ayer. ¡En el último momento me di cuenta de que el 31 de mayo caía en viernes! ¿Podía yo, un viernes, devolver la libertad a mi amigo? No creí mi deber asumir tal responsabilidad.

Me disculpo también por no dar aquí, con mi franqueza habitual, explicaciones sobre la forma en que se efectuó este pequeño evento. Mi procedimiento es tan ingenioso y tan simple que me temo, si lo revelo, que todos los malhechores se inspirarían en él. ¡Qué asombro el día en que se me permita hablar! *«¿Eso es todo?»*, dirán.

No hay más, pero había que pensarlo.

Lo saluda atentamente, señor director.

ARSÈNE LUPIN

Una hora después, M. Lenormand recibía una llamada: Valenglay, presidente del Consejo, lo requería en el Ministerio del Interior.

—¡Qué bien se ve, mi querido Lenormand! ¡Y yo que lo creía enfermo y no me atrevía a molestarlo!

—No estoy enfermo, señor presidente.

—Entonces, esa ausencia, ¿era por enojo? Siempre ese mal carácter.

—Que tengo mal carácter, señor presidente, lo confieso... pero que me enoje, no.

—¡Pero usted se quedó en su casa! Y Lupin se aprovechó para darle la llave de la libertad a sus amigos.

—¿Podía yo impedirlo?

—¡Cómo! Pero la artimaña de Lupin fue vulgar. Conforme a su procedimiento habitual, anunció la fecha de la evasión;

todo el mundo le creyó, se esbozó una apariencia de tentativa, la fuga no se produjo, y al día siguiente, cuando ya nadie pensaba en ello, ¡pufff!, los pájaros volaron.

—Señor presidente —dijo gravemente el jefe de la *Sûreté*—, Lupin dispone de medios tales que no estamos en condiciones de impedir lo que él haya decidido hacer. La evasión era segura, matemática. Y yo preferí desentenderme y dejarle el ridículo a los otros.

Valenglay dijo en tono de burla:

—Es un hecho que el prefecto de policía y el señor Weber no deben estar contentos. Pero, en fin, ¿puede explicarme, Lenormand?

—Todo lo que se sabe, señor presidente, es que la fuga se produjo en el Palacio de Justicia. El detenido fue llevado en el coche celda y conducido al despacho de M. Formerie, pero no salió del Palacio de Justicia. Sin embargo, no se sabe qué pasó con él.

—¡Es alucinante!

—Alucinante.

—¿Y no se ha hecho ningún descubrimiento?

—Sí. El pasillo interior que discurre a lo largo de las salas de instrucción estaba repleto de una multitud absolutamente insólita de detenidos, guardias, abogados, ujieres, y se descubrió que todas estas personas habían recibido citaciones falsas para comparecer a la misma hora. Por otra parte, ninguno de los jueces de instrucción que supuestamente los habían citado acudió a su despacho ese día, ello, a raíz de falsas citaciones de la fiscalía que los enviaron a todos los rincones de París y de los suburbios.

—¿Es todo?

—No. Se vio a dos guardias municipales y a un detenido que atravesaban los patios. Afuera los esperaba un coche, al cual subieron los tres.

—¿Y su hipótesis, Lenormand? ¿Su opinión?

—Mi hipótesis, señor presidente, es que los dos guardias municipales eran cómplices que, aprovechándose del desorden de los pasillos, se hicieron pasar por verdaderos guardias. Y mi opinión es que esta evasión no pudo tener éxito sino gracias a circunstancias tan especiales, a un conjunto de hechos tan extraños, que tenemos que admitir como ciertas las complicidades más inadmisibles. En el palacio y fuera, Lupin tiene lazos que frustran todos nuestros cálculos. Los tiene en la prefectura de policía y los tiene en torno a mí. Es una organización formidable, un servicio de la *Sûreté* mil veces más hábil, más audaz, más diverso y más flexible que el que dirijo.

—¿Y usted soporta eso, Lenormand?

—No.

—Entonces, ¿por qué su inercia desde el principio de este asunto? ¿Qué ha hecho usted contra Lupin?

—He preparado la lucha.

—¡Ah! ¡Perfecto! Y mientras usted la preparaba, él actuaba.

—Yo también.

—¿Y sabe algo?

—Mucho.

—¡Qué! Hable, pues.

M. Lenormand, apoyándose en su bastón, dio un pequeño paseo meditativo por la vasta estancia. Luego se sentó frente a Valenglay, rozó con las yemas de los dedos los revestimientos de su levita color verde oliva, se ajustó a la nariz las gafas con armazón de plata y le dijo claramente:

—Señor presidente, tengo en la mano tres cartas ganadoras. Primero, sé el nombre bajo el cual se oculta actualmente Arsène Lupin, el nombre con el cual habita en el bulevar Haussmann, donde recibe cada día a sus colaboradores, reconstruye y dirige su banda.

—Pero, entonces, ¡maldita sea!, ¿por qué no lo arresta?

—No recibí esa información sino después del golpe. Luego, el príncipe... llamémosle el príncipe Tres Estrellas, desapareció. Está en el extranjero por otros asuntos.

—¿Y si no reaparece?

—La situación que él ocupa y la forma en que él se comprometió en el asunto Kesselbach exigen que reaparezca y bajo el mismo nombre.

—Sin embargo...

—Señor presidente, ahora mi segunda carta. He acabado por descubrir a Pierre Leduc.

—¡Vaya!

—O, más bien, es Lupin quien lo ha descubierto, y es Lupin quien, antes de desaparecer, lo instaló en una pequeña residencia a las afueras de París.

—¡Diablos! Pero, ¿cómo supo usted?

—¡Oh! Fácilmente. Lupin colocó como vigilantes y defensores de Pierre Leduc a dos de sus cómplices. Pero esos cómplices son agentes míos, dos hermanos a quienes yo empleo con gran secreto y que me lo entregarán en la primera ocasión.

—¡Bravo! ¡Bravo! De manera que...

—De manera que, como Pierre Leduc es, podría decirse, el punto central en torno al cual convergen todos los esfuerzos de aquellos que andan en busca del famoso secreto de Kesselbach... por medio de Pierre Leduc tendré, un día u otro, uno: al autor del triple asesinato, dado que ese miserable sustituyó a M. Kesselbach en la realización de un proyecto grandioso y hasta aquí desconocido, y porque M. Kesselbach tenía necesidad de encontrar a Pierre Leduc para llevar a cabo ese proyecto; y dos: tendré a Arsène Lupin, puesto que Arsène Lupin persigue el mismo objetivo.

—Qué maravilla. Pierre Leduc es el cebo que le pone al enemigo.

—Y el pez atrapa el anzuelo, señor presidente. Acabo de recibir un aviso según el cual vieron a un individuo sospechoso rondando en torno a la pequeña casa que Pierre Leduc ocupa bajo la protección de mis dos agentes secretos. En cuatro horas estaré en el lugar.

—¿Y la tercera carta triunfal, Lenormand?

—Señor presidente, ayer llegó a la dirección de M. Rudolf Kesselbach una carta que intercepté...

—Interceptó, vamos bien.

—...que abrí y que guardé para mí. Hela aquí. Data de hace dos meses. Tiene matasello de El Cabo y contiene estas palabras:

> Mi querido Rudolf, estaré el primero de junio en París y siempre tan miserable como cuando usted me socorrió. Pero espero mucho de ese asunto de Pierre Leduc que le he indicado. ¡Qué extraña historia! ¿Lo ha encontrado? ¿En qué vamos? No puedo esperar para saberlo.
>
> Su fiel *Steinweg*

—El primero de junio —continuó M. Lenormand— es hoy. Encargué a uno de mis inspectores encontrarme al tal Steinweg. No dudo del éxito.

—Yo tampoco lo dudo —exclamó Valenglay levantándose—, y le ofrezco todas mis disculpas, mi querido Lenormand, así como mi humilde confesión: estuve a punto de despedirlo... ¡sin más! Mañana esperaba al prefecto de policía y a M. Weber.

—Ya lo sabía, señor presidente.

—No es posible.

—Si no, ¿me hubiera molestado? Hoy usted ve mi plan de batalla. Por un lado, pongo trampas en las que acabará atrapado el asesino: Pierre Leduc o Steinweg me lo entregarán. Por el otro, merodeo alrededor de Lupin. Dos de sus agentes están a mi sueldo y él los cree sus más devotos colaboradores. Además, él trabaja para mí, ya que persigue, como yo, al autor del triple asesinato. Solo que se imagina que me engaña, y soy yo quien lo engaña a él. Entonces, tendré éxito, pero con una condición...

—¿Cuál?

—Que yo tenga las manos libres y que pueda actuar según las necesidades del momento, sin preocuparme del público que se impacienta ni de mis jefes que intrigan contra mí.

—Convenido.

—En ese caso, señor presidente, de aquí a algunos días seré el vencedor o estaré muerto.

II

Saint-Cloud, una pequeña casa situada sobre uno de los puntos más elevados de la meseta a lo largo de un camino poco frecuentado. Son las once de la noche. M. Lenormand ha dejado su automóvil en Saint-Cloud y, siguiendo el camino con precaución, se acerca.

Una sombra aparece.

—¿Eres tú, Gourel?

—Sí, jefe.

—¿Avisaste a los hermanos Doudeville de mi llegada?

—Sí, su habitación está lista, puede acostarse y dormir. A menos que traten de llevarse a Pierre Leduc esta noche, lo que no me sorprendería, dada la maniobra del individuo que vieron los Doudeville.

Cruzaron el jardín, entraron despacio y subieron al primer piso. Los dos hermanos, Jean y Jacques Doudeville, estaban allí.

—¿No hay noticias del príncipe Sernine? —les preguntó.

—Ninguna, jefe.

—¿Pierre Leduc?

—Pasa acostado todo el día en su habitación en la planta baja o en el jardín. Nunca sube a vernos.

—¿Está mejor?

—Mucho mejor. El descanso lo transforma visiblemente.

—¿Es fiel a Lupin?

—Más bien, al príncipe Sernine, porque no sospecha que esos dos no son más que uno. Al menos lo supongo, con él nunca se sabe. No habla jamás. ¡Ah! Es un tipo extraño. No hay más que una persona que tiene el don de animarlo, de hacerlo hablar y hasta reír. Es una joven de Garches que el príncipe Sernine le presentó, Geneviève Ernemont. Ella ya ha venido tres veces... incluso hoy.

Y añadió, bromeando:

—Creo que flirtean un poco... Es como su alteza el príncipe Sernine y Mme. Kesselbach... ¡parece que le está *haciendo ojitos...*!, ¡ese maldito Lupin!

M. Lenormand no respondió. Parecía que todos esos detalles en los que no mostraba un claro interés, se registraban en lo más profundo de su memoria para el instante en que debiera sacar las conclusiones lógicas. Encendió un cigarro, lo mordisqueó sin fumarlo, lo volvió a encender y lo tiró.

Hizo todavía dos o tres preguntas y luego, completamente vestido, se tendió sobre la cama.

—A la menor cosa, quiero que me despierten. Si no, dormiré. Ahora, cada uno a su puesto.

Los otros salieron. Pasó una hora, dos horas...

De repente, M. Lenormand sintió que lo tocaban y Gourel le dijo:

—Levántese, jefe, abrieron la reja.

—¿Un hombre, dos hombres?

—No vi más que uno... La luna apareció y en ese instante se agachó detrás de un arbusto.

—¿Y los hermanos Doudeville?

—Los mandé afuera, por atrás. Le cortarán la retirada cuando llegue el momento.

Gourel tomó la mano de M. Lenormand, lo condujo abajo y luego a una habitación oscura.

—No se mueva, jefe, estamos en el baño de Pierre Leduc. Abriré la puerta de la alcoba donde él duerme... No tema nada... tomó su somnífero, como todas las noches..., nada lo despierta. Venga. ¡Va! ¿El escondrijo es bueno? Esas son las cortinas de su lecho... Desde aquí, usted ve la ventana y todo el lado de la habitación que va desde la cama hasta allá.

La ventana estaba bien abierta y una luz difusa penetraba, muy precisa por momentos, cuando la luna apartaba el velo de las nubes.

Los dos hombres no quitaban los ojos del marco vacío de la ventana, seguros de que por allí se produciría el evento esperado.

Un ligero ruido... un crujido...

—Escala el enrejado —susurró Gourel.

—¿Es alto?

—Dos metros... Dos metros cincuenta...

Los crujidos se hicieron más precisos.

—Vete, Gourel —murmuró Lenormand—. Reúnete con los Doudeville... llévalos al pie del muro y cierra el paso a quienquiera que baje de aquí.

Gourel se fue.

En el mismo momento, apareció una cabeza a ras de la ventana, y luego una sombra subió al balcón. M. Lenormand distinguió a un hombre delgado, de estatura superior a la media, vestido de color oscuro y sin sombrero.

El hombre se volvió, e inclinado por encima del balcón, miró unos segundos al vacío como para asegurarse de que ningún peligro lo amenazaba. Luego, se inclinó y se tendió sobre el piso. Parecía inmóvil. Pero, al cabo de un instante, M. Lenormand se dio cuenta de que la mancha negra que formaba en la oscuridad avanzaba, se aproximaba.

Llegó hasta la cama.

El jefe tuvo la impresión de que oía la respiración de aquel ser y hasta que adivinaba sus ojos chispeantes, agudos, que atravesaban las tinieblas, como flechas de fuego y que *veían* a través de aquellas tinieblas.

Pierre Leduc lanzó un profundo suspiro y volteó.

De nuevo, silencio.

El ser se había deslizado a lo largo de la cama con movimientos imperceptibles y la silueta oscura se destacaba sobre la blancura de las sábanas que colgaban.

Si M. Lenormand hubiera alargado el brazo lo habría tocado. Esta vez distinguía claramente aquella respiración nueva que alternaba con la del hombre dormido y tuvo la ilusión de que percibía también el ruido de un corazón que latía.

De pronto, un haz de luz... El hombre había encendido una linterna eléctrica e iluminó a Pierre Leduc en pleno rostro. Pero el hombre se mantuvo en las sombras y M. Lenormand no pudo verle la cara. Vio solamente algo que brillaba dentro del campo de luz y se estremeció.

Era la hoja de un cuchillo, y ese cuchillo afilado, puntiagudo, estilete más que daga, le pareció idéntico al que había recogido junto al cadáver de Chapman, el secretario de M. Kesselbach.

Se contuvo con toda su voluntad para no saltar sobre el hombre. Antes, quería ver lo que venía a hacer.

La mano se levantó. ¿Iba a golpear? M. Lenormand calculó la distancia para detener el golpe. Pero no, no era un gesto asesino, sino un gesto de precaución. Si Pierre Leduc se movía, si intentaba llamar, la mano lo abatiría.

Se inclinó hacia el hombre dormido como si examinara algo.

«La mejilla derecha», pensó M. Lenormand. «La cicatriz de la mejilla derecha... quiere asegurarse de que sí es Pierre Leduc».

El hombre estaba volteado, de modo que no se le veían más que los hombros. Pero su ropa, el abrigo, estaba tan próximo que rozaba las cortinas tras las cuales se ocultaba M. Lenormand.

«Un movimiento de su parte», pensó «un temblor de inquietud y lo agarro».

Pero el hombre no se movió, absorto en su examen.

Finalmente, después de haber pasado el puñal a la mano que sostenía la linterna, levantó un poco la sábana, luego un poco más, luego más, de modo que el brazo izquierdo de quien dormía quedó al descubierto y la mano al desnudo.

El haz de la linterna iluminó aquella mano. Cuatro dedos se desplegaban. El quinto estaba cortado por la segunda falange.

Por segunda vez, Pierre Leduc hizo un movimiento. Enseguida la luz se apagó y durante un instante el hombre permaneció junto a la inmóvil cama, erguido. ¿Se decidiría a atacar? M. Lenormand sintió angustia, podía fácilmente impedir el crimen; sin embargo, no quería descubrirse sino hasta el último segundo.

Un largo, muy largo silencio. Súbitamente, tuvo la visión, imprecisa, además, de un brazo que se levantaba. Por instinto se movió y puso la mano sobre el hombre que yacía dormido. En su gesto chocó con él.

Un grito sordo. El individuo golpeó en el vacío, se defendió al azar, luego huyó hacia la ventana. Pero M. Lenormand había saltado sobre él y le sujetó los hombros con ambos brazos.

Enseguida lo sintió ceder, más débil, impotente, rehuía la lucha y buscaba escurrírsele entre los brazos. Con todas sus fuerzas lo sujetó contra él y lo sometió contra el piso.

—¡Ah! Ya te tengo... ya te tengo —murmuró triunfante.

Experimentaba una singular embriaguez al aprisionar con su abrazo irresistible a ese temible criminal, ese monstruo innombrable. Se sentía vivo y tembloroso, enojado y desesperado, sus dos existencias estaban entrelazadas; sus respiraciones, confundidas.

—¿Quién eres? —dijo—. ¿Quién eres...? Tendrás que hablar.

Y apretaba el cuerpo de su enemigo con creciente energía, pues tenía la impresión de que aquel cuerpo disminuía entre sus brazos, que se desvanecía. Apretó más... y más...

De pronto, tembló de pies a cabeza. Había sentido, sentía una pequeña punzada en la garganta... Exasperado, apretó aún más: el dolor aumentó.

Se dio cuenta de que el hombre había conseguido doblar su brazo, deslizar la mano hasta el pecho y levantar el puñal. El brazo, ciertamente, estaba inmovilizado, pero a medida que M. Lenormand hacía más presión, la punta del puñal penetraba en la carne que se le ofrecía.

Volvió un poco la cabeza para escapar de la punta: la punta seguía el movimiento y la herida se alargó.

Entonces no se movió más, asaltado por el recuerdo de los tres crímenes y por todo lo que representaba de espantoso, de atroz y de fatídico; esa misma pequeña aguja de acero atravesaba su piel y se hundía.

De golpe, soltó a su presa y saltó hacia atrás. Luego, rápidamente, quiso reanudar la ofensiva. Demasiado tarde. El hombre ya subía por la ventana y saltaba.

—¡Atención, Gourel! —gritó sabiendo que Gourel estaba allí, listo para recibir al fugitivo.

Se asomó. Un crujido de guijarros, una sombra entre dos árboles, el chasquido de la reja... Y ningún otro ruido... Ninguna intervención.

Sin preocuparse por Pierre Leduc, llamó:

—¡Gourel...! ¡Doudeville...!

Ninguna respuesta, salvo el gran silencio nocturno del campo.

A pesar suyo, pensó de nuevo en el triple asesinato, en el estilete de acero. Pero no, eso era imposible, el hombre no había tenido tiempo de atacar, ni siquiera había tenido necesidad, habiendo encontrado el camino libre.

Saltó a su vez, encendió su linterna; a la luz, reconoció a Gourel que yacía en el suelo.

—¡Demonios! —maldijo—. Si está muerto, me la pagarán caro.

Pero Gourel vivía, solamente estaba aturdido; unos minutos más tarde, volviendo en sí, gruñó:

—Un puñetazo, jefe... un sencillo puñetazo en pleno pecho. Pero ¡qué hombrón!

—¿Eran dos, entonces?

—Sí, uno pequeño, que subió, y otro que me sorprendió mientras yo vigilaba.

—¿Y los Doudeville?

—No los vi.

Encontraron a uno de ellos, Jacques, cerca de la reja, ensangrentado, con la mandíbula golpeada; y al otro un poco más lejos, sofocado, con el pecho lastimado.

—¿Qué...? ¿Qué pasó? —preguntó M. Lenormand.

Jacques contó que su hermano y él habían tropezado con un individuo que los había puesto fuera de combate antes de que tuvieran tiempo de defenderse.

—¿Estaba solo?

—No. Cuando volvió a pasar cerca de nosotros, iba acompañado de un camarada más pequeño que él.

—¿Reconociste al que te golpeó?

—Por su complexión, me pareció que era el inglés del Palace, el que dejó el hotel, al quien le perdimos la pista.

—¿El mayor?

—Sí, el mayor Parbury.

III

Después de un instante de reflexión, M. Lenormand dijo:

—Ya hay duda. Eran dos en el asunto Kesselbach: el hombre del puñal, que mató, y su cómplice, el mayor.

—Esa es la opinión del príncipe Sernine —murmuró Jacques Doudeville.

—Y esta noche —continuó el jefe de la *Sûreté*— son ellos otra vez... los mismos dos.

Y agregó:

—Tanto mejor. Hay cien veces más posibilidades de apresar a dos culpables que a uno solo.

M. Lenormand atendió a sus hombres, los hizo meterse en la cama y buscó por si los asaltantes habían perdido algún objeto o dejado alguna huella. No encontró nada y se acostó.

Por la mañana, Gourel y los Doudeville ya no resentían mucho sus heridas. El jefe ordenó a los hermanos registrar los alrededores y partió con Gourel a París, a fin de apurar sus asuntos y dar sus órdenes.

Almorzó en su despacho. A las dos recibió una buena noticia. Uno de sus mejores agentes, Dieuzy, había detenido al bajar de un tren que venía de Marsella al alemán Steinweg, el corresponsal de Rudolf Kesselbach.

—¿Dieuzy está ahí? —dijo.

—Sí, jefe —respondió Gourel—. Está ahí con el alemán.

—Que me los traigan.

En ese momento recibió una llamada. Era Jean Doudeville, desde la oficina de Garches. La comunicación fue rápida.

—¿Eres tú, Jean? ¿Novedades?

—Sí, jefe; el mayor Parbury...

—¿Y bien?

—Lo encontramos. Se transformó en español y se oscureció la piel. Acabamos de verlo. Entraba en la escuela pública de Garches. Fue recibido por esa señorita... usted sabe, la joven que conoce el príncipe Sernine, Geneviève Ernemont.

—¡Rayos!

M. Lenormand soltó el teléfono, saltó sobre su sombrero, se precipitó al pasillo, se topó con Dieuzy y el alemán y les gritó:

—A las seis... reunión aquí...

Bajó corriendo las escaleras, seguido de Gourel y de tres inspectores a quienes había recogido al pasar y se metieron en su automóvil.

—A Garches... diez francos de propina.

Un poco antes del parque de Villeneuve, al comienzo de la callejuela que conducía a la escuela, hizo que pararan el coche. Jean Doudeville, que lo esperaba, exclamó enseguida:

—¡El sinvergüenza se escurrió por el otro lado de la callejuela hace diez minutos!

—¿Solo?

—No, con la joven.

M. Lenormand agarró a Doudeville por el cuello.

—¡Miserable! ¡Lo dejaste ir! Era preciso...

—Mi hermano le sigue la pista.

—¡Gran avance! ¡Se librará de tu hermano! ¿Acaso sirves de algo?

Tomó él mismo el volante del auto y se metió decidido por la callejuela, sin preocuparse por surcos y matorrales. Muy pronto desembocaron en un camino vecinal que los condujo a una encrucijada donde confluían cinco calles. Sin dudar, M. Lenormand escogió el camino de la izquierda, el de Saint-Cucufa.

De hecho, en lo alto de la colina que desciende hacia el estanque, se cruzaron con el otro hermano Doudeville que les gritó:

—Van en coche de caballos, a un kilómetro.

El jefe no se detuvo. Lanzó el auto cuesta abajo sin dejar de acelerar en las curvas, rodeó el estanque y de repente dejó escapar una exclamación de triunfo. En la cima de una pequeña colina que se alzaba delante de ellos, había visto la capota de un carruaje.

Desgraciadamente, se había metido por el camino equivocado. Tuvo que dar marcha atrás. Cuando volvió al cruce de carreteras, el coche aún estaba allí, detenido. Enseguida, mientras que viraba, vio a una mujer que saltaba del coche. Un hombre apareció sobre el estribo. La mujer extendió el brazo. Se escucharon dos detonaciones.

Ella había apuntado mal, sin duda, pues una cabeza surgió al otro lado de la capota, y el hombre, avistando el automóvil, descargó un fuerte latigazo sobre el caballo que partió al galope. Enseguida, una curva ocultó el coche.

En unos segundos, M. Lenormand terminó la maniobra, aceleró cuesta arriba, pasó frente a la joven sin detenerse y audazmente giró.

Era un camino de bosque que descendía, abrupto y rocoso, solo se podía seguir muy despacio entre el espeso follaje, con las mayores precauciones. Pero ¡qué importaba! Veinte pasos adelante, el coche, una especie de cabriolé de dos ruedas, danzaba sobre las piedras, arrastrado, más bien retenido, por un caballo que solo se aventuraba con cautela y paso medido. No había nada más que temer, la huida era imposible.

Y los dos vehículos avanzaron dando tumbos, zarandeados y sacudidos. En un momento estuvieron tan cerca uno del otro, que M. Lenormand pensó en echar pie a tierra y correr con sus hombres. Pero presintió el peligro que correría al frenar por una pendiente tan brutal y continuó presionando al enemigo de cerca como a una presa que se tiene al alcance de la mirada, al alcance de la mano.

—Eso es, jefe... eso es... —murmuraban los inspectores, emocionados por lo imprevisto de aquella cacería.

Al final de la carretera, partía un camino que se dirigía hacia el Sena, hacia Bougival. Sobre terreno plano, el caballo siguió con trote ligero, sin apresurarse y manteniéndose en medio del sendero.

Un violento esfuerzo sacudió el automóvil. Más que avanzar parecía saltar como un animal salvaje que se lanza hacia adelante y, deslizándose por el terraplén, listo para superar todos los obstáculos, alcanzó el coche, se puso a su lado, lo rebasó...

M. Lenormand maldijo... Hubo clamores de rabia... ¡El coche estaba vacío!

El coche estaba vacío. El caballo avanzaba apaciblemente, las riendas sobre el lomo, regresando, sin duda, al establo de alguna posada cercana donde había sido alquilado por el día.

Ahogando su cólera, el jefe de la *Sûreté* dijo simplemente:

—El mayor habrá saltado en los segundos en que perdimos de vista el coche al inicio del descenso.

—No nos queda más que registrar el bosque, jefe, y estamos seguros...

—De volver con las manos vacías... El hombre está lejos, y no es de esos a los que se agarra dos veces en el mismo día. ¡Ah! ¡Maldita sea! ¡Maldita sea!

Se reencontraron con la joven que hallaron en compañía de Jacques Doudeville y que no parecía resentir en nada su aventura.

Una vez que se presentó, M. Lenormand se ofreció a llevarla a su casa y enseguida la interrogó sobre el mayor inglés Parbury.

Ella se sorprendió.

—Él no es ni mayor ni inglés, y no se llama Parbury.

—Entonces, ¿cómo se llama?

—Juan Ribeira, es español y está encargado por su gobierno de estudiar el funcionamiento de las escuelas francesas.

—Bueno. Su nombre y su nacionalidad no tienen importancia. Es a quien buscamos. ¿Hace tiempo que lo conoce?

—Unos quince días. Había oído hablar de una escuela que fundé en Garches y se interesó tanto por mi iniciativa, que me ofreció una subvención anual, con la única condición de que él pudiera venir de cuando en cuando a comprobar los progresos de mis alumnas. No podía negarme...

—No, evidentemente, pero era preciso consultar con la gente de su entorno... ¿No está usted en relaciones con el príncipe Sernine? Es un hombre de buenos consejos.

—¡Oh! Tengo toda la confianza en él, pero actualmente se encuentra de viaje.

—¿No tenía su dirección?

—No. Y, además, ¿qué le hubiese dicho? Ese hombre se comportaba muy bien. No fue sino hoy... Pero yo no sé...

—Le ruego, señorita, hábleme francamente... También puede confiar en mí.

—Pues bien, M. Ribeira vino hace un rato. Me dijo que lo había enviado una dama francesa de paso en Bougival, que esta dama tenía una niñita cuya educación quería confiarme y me rogaba ir a verla sin tardanza. Me pareció natural. Como hoy es día de asueto, y como M. Ribeira había alquilado un coche que lo esperaba al final del camino, acepté acompañarlo.

—Pero, en fin, ¿cuál era su objetivo?

Ella enrojeció, y dijo:

—Raptarme, así de simple. Al cabo de media hora me lo confesó.

—¿Y usted no sabe nada de él?

—No.

—¿Vive en París?

—Lo supongo.

—¿No le ha escrito a usted? ¿No tiene algunas líneas de su puño y letra, algún objeto olvidado, un indicio que nos pueda servir?

—Ningún indicio... ¡Ah! Sin embargo... pero, sin duda, eso no tiene ninguna importancia...

—¡Hable! ¡Hable! Se lo ruego.

—Pues bien, hace dos días, ese señor me pidió permiso para usar la máquina de escribir de la que me sirvo, y escribió en ella, con dificultad pues no tenía práctica, una carta cuya dirección encontré por casualidad.

—¿Y esa dirección era?

—Le escribía al *Journal*, y puso dentro del sobre una veintena de estampillas de correos.

—Sí, para anuncios breves, sin duda —dijo Lenormand.

—Tengo el ejemplar de hoy, jefe —dijo Gourel.

M. Lenormand desplegó el diario y consultó la octava página. Después de un instante, tuvo un sobresalto. Había leído esta frase, redactada con las abreviaturas habituales:

Informamos a toda persona que conozca a M. Steinweg que desearíamos saber si este se encuentra en París y su dirección. Contestar por este mismo medio.

—¡Steinweg! —exclamó Gourel—. Pero si es precisamente el individuo que Dieuzy nos trajo...

«Sí, sí», dijo M. Lenormand para sí mismo. «Es el hombre cuya carta para Kesselbach intercepté; el hombre que lanzó a este sobre la pista de Pierre Leduc... Así pues, ellos también necesitan información sobre Pierre Leduc y sobre su pasado... Ellos también andan a tientas...».

Se frotó las manos. Steinweg estaba a su disposición. Antes de una hora, Steinweg habría hablado. Antes de una hora se descorrería el velo de tinieblas que lo oprimía y que hacía del caso Kesselbach el más angustioso e impenetrable de los casos cuya solución había buscado...

V

M. LENORMAND SUCUMBE

UNO

A las seis de la tarde, M. Lenormand regresó a su despacho de la prefectura de policía.

Enseguida preguntó a Dieuzy:

—¿Tu compañero está allí?

—Sí.

—¿En qué vamos con él?

—No mucho. No suelta ni una palabra. Le dije que, según una nueva ordenanza, los extranjeros están obligados a una declaración de residencia ante la prefectura de policía, y lo traje aquí, a la oficina de su secretario.

—Voy a interrogarlo.

En ese momento, apareció un joven:

—Hay una dama, jefe, que desea hablar con usted enseguida.

—¿Su tarjeta?

—Aquí está.

—¡La señora Kesselbach! Hágala entrar.

Él mismo fue al encuentro de la joven mujer y le pidió que se sentara. Aún tenía la misma mirada desolada, el semblante enfermizo y ese aire de extremo cansancio en el que se revelaba la angustia de su vida.

Mostró el ejemplar del *Journal*, señalando en el anuncio breve la línea donde se hacía referencia al señor Steinweg.

—El padre Steinweg era un amigo de mi marido —dijo ella—, y no dudo que sepa muchas cosas.

—Dieuzy —dijo Lenormand—, trae al individuo que está esperando... Su visita, señora, no habrá sido inútil. Solamente le ruego que, cuando esa persona entre, no diga una palabra.

La puerta se abrió. Apareció un hombre, un anciano de barba blanca, rostro estriado de arrugas profundas, pobremente vestido y el aire de acosado de esos miserables que ruedan por el mundo en busca del sustento cotidiano.

Permaneció en el umbral con ojos parpadeantes, miró a M. Lenormand, parecía incómodo por el silencio que lo acogía y manipulaba el sombrero entre sus manos con vergüenza. Pero, de repente, se mostró estupefacto, sus ojos se agrandaron y tartamudeó:

—¡Señora...! ¡Señora Kesselbach!

Había visto a la joven.

Se serenó y sonrió ya sin timidez, se acercó a ella y, con acento extranjero, dijo:

—¡Ah! Estoy contento. ¡Por fin! Yo creía que jamás... Estaba sorprendido... Nada de noticias allá, ningún telegrama. ¿Y cómo está el buen Rudolf Kesselbach?

La joven retrocedió, como si la hubieran golpeado en pleno rostro, se desplomó sobre una silla y comenzó a sollozar.

—¿Qué? Y bien, ¿qué...? —preguntó Steinweg.

M. Lenormand se interpuso enseguida.

—Veo, señor, que ignora ciertos acontecimientos que han tenido lugar recientemente. ¿Hace mucho tiempo que está de viaje?

—Sí, tres meses... Subí hasta las minas. Luego volví a Ciudad del Cabo, desde donde le escribí a Rudolf. Pero en el camino acepté un trabajo en Port Said. Rudolf recibió mi carta, supongo.

—Él está ausente. Le explicaré las razones de esa ausencia. Pero, antes que nada, hay un punto sobre el cual quisiéramos alguna información. Se trata de un personaje que usted ha conocido y a quien se refiere en sus conversaciones con M. Kesselbach bajo el nombre de Pierre Leduc.

—¡Pierre Leduc! ¡Cómo! ¿Quién le ha dicho?

El anciano se sintió desconcertado. Balbució de nuevo.

—¿Quién se lo dijo? ¿Quién se lo reveló?

—M. Kesselbach.

—¡Jamás! Es un secreto que yo le revelé, y Rudolf guarda sus secretos... sobre todo este.

—No obstante, es indispensable que usted nos responda. Actualmente realizamos una investigación sobre Pierre Leduc que debe culminar sin tardanza y que solo usted nos puede esclarecer, pues M. Kesselbach ya no está.

—¡Por Dios! —exclamó Steinweg, pareciendo decidirse—, ¿qué necesita?

—¿Conocía usted a Pierre Leduc?

—Jamás lo he visto, pero desde hace mucho tiempo soy poseedor de un secreto que le concierne. A causa de incidentes que es inútil relatar y gracias a una serie de casualidades, yo acabé por adquirir la certidumbre de que aquel que me interesaba encontrar vivía en París en medio del desorden y se hacía llamar Pierre Leduc, que no es su nombre verdadero.

—Pero, ¿conocía él su verdadero nombre?

—Lo supongo.

—¿Y usted?

—Lo conozco.

—Y bien, díganoslo.

Él dudó, luego, violentamente dijo:

—No puedo, ¡no puedo!

—Pero, ¿por qué?

—No tengo derecho. Todo el secreto depende de eso. Y a ese secreto, cuando se lo revelé, él le atribuyó tal importancia que me dio una fuerte suma de dinero para comprar mi silencio y me prometió una fortuna, una verdadera fortuna para el día en que él lograra, primero, encontrar a Pierre Leduc, y luego, sacar partido de ese secreto.

Sonrió con amargura.

—La fuerte suma de dinero ya se ha perdido; venía por noticias de mi fortuna.

—M. Kesselbach está muerto —anunció el jefe de la *Sûreté*.

Steinweg se levantó de un salto.

—¡Muerto!, ¿será posible? No, es una trampa. Mme. Kesselbach, ¿es cierto?

Ella bajó la cabeza.

Steinweg pareció apabullado por la revelación inesperada que, al mismo tiempo, debió resultarle infinitamente dolorosa, pues se echó a llorar.

—¡Mi pobre Rudolf! Lo conocía desde pequeño... venía a jugar conmigo en Augsburgo... Yo lo quería mucho...

E invocando el testimonio de Mme. Kesselbach, añadió:

—Y él también, ¿no es así, señora, él me quería mucho? Él debió decírselo... su viejo padre Steinweg, como me llamaba.

M. Lenormand se acercó a él y con voz muy clara dijo:

—Escúcheme. M. Kesselbach murió asesinado. Vamos, cálmese... los gritos son inútiles... Murió asesinado, y todas las circunstancias del crimen prueban que el culpable estaba al corriente de ese famoso proyecto. ¿Habrá algo en la naturaleza de ese proyecto que le permitiera a usted adivinar?

Steinweg seguía anonadado. Balbució:

—Fue culpa mía... Si yo no lo hubiera empujado por ese camino...

Mme. Kesselbach se le acercó suplicante.

—¿Cree usted... tiene alguna idea? ¡Oh! Se lo ruego, Steinweg...

—No tengo idea... no lo he pensado —murmuró él—; tendría que pensar...

—Busque en el círculo de M. Kesselbach —le dijo Lenormand—. ¿Alguien estuvo involucrado en sus conversaciones de entonces? ¿Podría él haber confiado en alguien?

—En nadie.

—Piénselo bien.

Ambos, Dolores y Lenormand, inclinados sobre él, esperaban ansiosos su respuesta.

—No... —dijo—. No veo...

—Piénselo bien —insistió el jefe de la *Sûreté*—. El nombre y el apellido del asesino tienen como iniciales una L y una M.

—Una L —repitió él—. No veo... una L... una M...

—Sí, las letras doradas, grabadas en una esquina de la cigarrera que pertenecía al asesino.

—¿Una cigarrera? —dijo Steinweg con un esfuerzo de su memoria.

—En acero bruñido... y uno de los compartimientos interiores está dividido en dos partes, la más pequeña para el papel, la otra para el tabaco...

—En dos partes, en dos partes —repetía el anciano, cuyos recuerdos parecían despertarse por este detalle—. ¿Podría mostrarme ese objeto?

—Aquí está, o más bien, una reproducción exacta —dijo Lenormand, entregándole una cigarrera.

—¡Ay! ¡Cómo! —exclamó Steinweg, tomando la cigarrera.

La contempló con mirada estúpida, la examinó, le dio vueltas en todos sentidos, y, de pronto, lanzó un grito, el grito de un hombre asaltado por una terrible idea. Y se quedó allí, lívido, las manos temblorosas, los ojos extraviados.

—¡Hable! ¡Hable, pues! —ordenó M. Lenormand.

—¡Oh! —dijo, como cegado por la luz—. Todo se explica...

—¡Hable! Hable, entonces...

Los empujó a ambos, avanzó titubeante hasta las ventanas, luego volvió sobre sus pasos y se arrojó sobre el jefe de la *Sûreté*:

—Señor... señor... el asesino de Rudolf... se lo voy a decir... Pues bien...

Se interrumpió.

—¿Pues bien? —dijeron los otros.

Un minuto de silencio...

En la gran paz del despacho, entre aquellos muros que habían escuchado tantas confesiones, tantas acusaciones, ¿iba a resonar el nombre del abominable criminal? A M. Lenormand le parecía estar al borde de un abismo insondable, de cuyo fondo subía una voz, se elevaba hasta él... Unos segundos más y sabría...

—No —murmuró Steinweg—. No, no puedo...

—¿Qué dice? —exclamó el jefe de la *Sûreté*, furioso.

—Digo que no puedo.

—Pero, ¡usted no tiene derecho a callarse! ¡La justicia lo exige!

—Mañana, hablaré, mañana... es preciso que reflexione. Mañana diré todo lo que sé sobre Pierre Leduc... todo lo que supongo sobre esta cigarrera... Mañana, se lo prometo.

Se sentía en él esa suerte de obstinación contra la cual tropiezan en vano los esfuerzos más enérgicos. M. Lenormand cedió.

—De acuerdo. Le doy hasta mañana, pero le advierto que si mañana no habla, me veré obligado a comunicárselo al juez de instrucción.

Timbró y, llevando aparte al inspector Dieuzy, dijo:

—Acompáñalo hasta el hotel... y quédate allí... te voy a enviar a dos colegas... Y sobre todo abre muy bien los ojos. Podrían intentar arrebatárnoslo.

El inspector se llevó a Steinweg y a M. Lenormand, volviendo hacia Mme. Kesselbach, a quien aquella escena había estremecido, se disculpó:

—Créame que lo lamento, señora, comprendo hasta qué punto debe sentirse afectada...

Le preguntó sobre la época en que M. Kesselbach había vuelto a relacionarse con el viejo Steinweg y sobre la duración de esas relaciones. Pero ella estaba tan cansada que él no insistió.

—¿Tengo que volver mañana? —preguntó ella.

—No, no. La tendré al corriente de todo cuanto diga Steinweg. ¿Me permitiría ofrecerle mi brazo hasta su coche...? Estos tres pisos son muy duros para bajarlos.

Abrió la puerta y se hizo a un lado frente a ella. En ese momento se oyeron exclamaciones en el pasillo, gente que corría... inspectores de servicio, empleados de las oficinas...

—¡Jefe! ¡Jefe!

—¿Qué ocurre?

—¡Dieuzy!

—Pero acaba de salir de aquí...

—Lo encontraron en la escalera.

—¿Muerto?

—No, sin sentido, desmayado.

—Pero, ¿el hombre? ¿El hombre que estaba con él? ¿El viejo Steinweg?

—Desapareció...

—¡Rayos!

II

Se lanzó por el pasillo, bajó corriendo la escalera y, en medio de un grupo de personas que lo atendían, encontró a Dieuzy tendido sobre el descanso del primer piso.

Vio a Gourel que subía:

—¡Ah, Gourel!, ¿vienes de abajo? ¿Te encontraste con alguien?

—No, jefe.

Dieuzy se reanimaba y enseguida, con los ojos apenas abiertos, musitó:

—Aquí, en el descanso, la puerta pequeña...

—¡Ah! ¡Maldita sea!, ¡la puerta de la séptima sala! —gritó el jefe de la *Sûreté*—. Ya había ordenado yo que la cerraran con llave... Era seguro que cualquier día...[3]

Corrió y echó mano a la manija de la puerta.

—¡Eh! ¡Caramba! Está echado el cerrojo por el otro lado.

La puerta tenía una parte de vidrio. Con la culata de su revólver rompió un vidrio, tiró del cerrojo y dijo a Gourel:

—Corre por ahí hasta la salida de la plaza Dauphine...

Y regresando hasta Dieuzy:

—Vamos, Dieuzy, habla. ¿Cómo te dejaste poner en ese estado?

—Un puñetazo, jefe...

—¿Un puñetazo de ese viejo? Pero si apenas se sostiene en pie...

—No fue el viejo, jefe, sino otro que andaba por el pasillo mientras Steinweg estaba con usted y que nos siguió como si también saliera. Cuando llegó me preguntó si tenía fuego. Busqué mi caja de cerillos. Entonces aprovechó para descargarme el puño en el estómago... Caí, y al caer tuve la impresión de que él abría esa puerta y arrastraba al viejo...

—¿Podrías reconocerlo?

[3] Desde que M. Lenormand no estaba en la *Sûreté*, dos delincuentes habían huido por la misma puerta, tras deshacerse de los agentes que los escoltaban. La policía guardó silencio sobre esta doble fuga. ¿Por qué, entonces, si este paso es indispensable, no se quita del otro lado el inútil cerrojo que permite al fugitivo atajar cualquier persecución y alejarse tranquilamente por el pasillo de la Séptima Sala Civil y a través de la Galería de la Presidencia Primera?

—¡Oh, sí, jefe...! Era un hombretón robusto, de piel morena... un tipo del sur, seguro...

—¡Ribeira! —gritó M. Lenormand—. Siempre él... Ribeira, alias Parbury. ¡Ah, el bandido, qué audacia! Tenía miedo por el viejo Steinweg y vino a raptarlo aquí mismo, en mis narices.

Y golpeando colérico con el pie:

—Pero, por Dios, ¿cómo supo el bandido que Steinweg estaba aquí? No hace cuatro horas que yo lo perseguía por el bosque de Saint-Cucufa... y ahora llegó hasta aquí... ¿Cómo lo supo? ¿Acaso vive en mi piel?

Fue presa de uno de esos accesos de ensoñación en los que le parecía ya no oír ni ver nada. Mme. Kesselbach, que pasaba en ese momento, se despidió sin que él respondiera. Pero un ruido de pasos en el pasillo lo sacó de su estupor.

—Por fin, Gourel.

—Así es, jefe —dijo Gourel, sin aliento—. Eran dos. Siguieron ese camino y salieron por la plaza Dauphine. Los esperaba un automóvil. Dentro había dos personas, un hombre vestido de negro con un sombrero blando que le cubría los ojos...

—Ese —murmuró M. Lenormand— es el asesino, el cómplice de Ribeira-Parbury. ¿Y la otra persona?

—Una mujer. Una mujer sin sombrero; como quien dice una sirvienta... y al parecer bonita, de cabello rojizo.

—¿Eh? ¿Qué? ¿Dices que era pelirroja?

—Sí.

Monsieur Lenormand giró de prisa, bajó las escaleras de cuatro en cuatro, cruzó los patios y salió a *Quai des Orfèvres*.

—¡Alto! —gritó.

Un carruaje abierto de cuatro ruedas, jalado por dos caballos, se alejaba. Era el coche de Mme. Kesselbach. El cochero escuchó y se detuvo. Ya M. Lenormand había saltado sobre el estribo.

—Mil perdones, señora, pero su ayuda me es indispensable. Le pediría permiso para acompañarla... pero debemos actuar rápidamente. Gourel, mi auto. ¿Lo devolviste? Otro, entonces, no importa cuál.

Cada quien corrió por su lado. Pero transcurrieron unos diez minutos antes de conseguir un auto de alquiler. M. Lenormand hervía de impaciencia. Mme. Kesselbach, de pie sobre la acera, se tambaleaba con el frasco de sales en la mano.

Por fin se instalaron.

—Gourel, sube al lado del chofer y sigue directo a Garches.

—¡A mi casa! —dijo Dolores, estupefacta.

Él no respondió. Se asomaba por la portezuela, agitaba su identificación, daba su nombre a los agentes que dirigían la circulación de las calles. Al fin, cuando llegaron al Cours-la-Reine, se sentó y dijo:

—Le suplico, señora, que responda claramente a mis preguntas. ¿Vio a Mlle. Geneviève Ernemont a eso de las cuatro?

—A Geneviève, sí... cuando me vestía para salir.

—¿Fue ella quien le habló del anuncio en el *Journal* referente a Steinweg?

—En efecto.

—Y, ¿fue por ello que usted vino a verme?

—Sí.

—¿Estaba usted sola durante la visita de Mlle. Ernemont?

—Bueno, no sé... ¿Por qué?

—Recuerde. ¿Sus sirvientas estaban allí?

—Quizá... mientras me vestía.

—¿Cómo se llaman?

—Suzanne... y Gertrude.

—Una de ellas es pelirroja, ¿verdad?

—Sí, Gertrude.

—¿La conoce desde hace tiempo?

—Su hermana siempre ha estado a mi servicio... y Gertrude está conmigo desde hace años. Es la devoción en persona, la probidad...

—En suma, ¿responde usted por ella?

—¡Oh, absolutamente!

—Bien, bien.

Eran las siete y media, y la luz del día comenzaba a atenuarse cuando el coche llegó frente a la residencia de retiro. Sin ocuparse de su compañera, el jefe de la *Sûreté* se precipitó a la portería.

—La sirvienta de Mme. Kesselbach acaba de llegar, ¿no es así?

—¿Quién, la sirvienta?

—Sí, Gertrude, una de las dos hermanas.

—Pero Gertrude no debe haber salido, señor; no la vimos salir.

—Sin embargo, alguien acaba de entrar.

—¡Oh, no señor!, no le hemos abierto la puerta a nadie desde... desde las seis de la tarde.

—¿Y no hay más salida que esta puerta?

—Ninguna. Los muros rodean la propiedad por todas partes, y son altos...

—Mme. Kesselbach —dijo M. Lenormand a su compañera—, iremos a su chalé.

Se dirigieron allí los tres. Mme. Kesselbach, que no tenía llave, tocó el timbre. Fue Suzanne, la otra hermana, quien abrió.

—¿Gertrude está aquí? —preguntó Mme. Kesselbach.

—Claro que sí, señora, en su habitación.

—Hágala venir, señorita —ordenó el jefe de la *Sûreté*.

Al cabo de un instante, bajó Gertrude, agradable y graciosa, con su delantal blanco, adornado con bordados. Tenía un rostro bastante bonito, en efecto, enmarcado por cabello rojizo.

M. Lenormand la observó un largo rato sin decir nada, como si buscara penetrar más allá de esos ojos inocentes. No la interrogó. Al cabo de un minuto, dijo simplemente:

—Está bien, señorita, le agradezco. ¿Vienes, Gourel?

Salió acompañado del oficial y, de inmediato, siguiendo los sombríos caminos del jardín, le dijo:

—Es ella.

—¿Usted cree, jefe? ¡Tiene un aire tan tranquilo!

—Demasiado tranquilo. Otra se hubiera sorprendido y me habría preguntado por qué la hice venir. Ella, nada; nada más que poner cara de querer sonreír a toda costa. Solo que en su sien vi una gota de sudor que corría a lo largo de la oreja.

—¿Y entonces?

—Entonces, todo está claro. Gertrude es cómplice de los dos bandidos que maniobran en torno al caso Kesselbach, ya sea para sorprender y ejecutar el famoso proyecto o para apoderarse de los millones de la viuda. Sin duda la otra hermana también es parte del complot. A eso de las cuatro, Gertrude, prevenida de que yo ya conocía el anuncio del *Journal*, y que además tenía una cita con Steinweg, se aprovechó de la salida de su ama, corrió a París, se encontró con Ribeira y con el hombre del sombrero blando y los llevó al Palacio de Justicia, donde Ribeira secuestró al señor Steinweg para su propio beneficio.

Reflexionó y concluyó:

—Todo eso nos prueba, uno, la importancia que ellos atribuyen a Steinweg y el miedo que les inspiran sus revelaciones; dos, que se urde una verdadera conspiración en torno a Mme. Kesselbach; tres, que no tengo tiempo que perder, pues la conspiración está muy avanzada.

—Bueno —dijo Gourel—, pero hay una cosa inexplicable. ¿Cómo pudo salir Gertrude del jardín donde estamos y volver a entrar sin que los porteros la vieran?

—Por un pasadizo secreto que los bandidos deben haber hecho recientemente.

—¿Y que sin duda terminaría —agregó Gourel— en el pabellón de Mme. Kesselbach?

—Sí, quizá —dijo M. Lenormand—. Quizá... Pero yo tengo otra idea.

Siguieron el interior de los muros. La noche estaba clara, y si bien no se podían discernir sus siluetas, ellos sí veían lo suficiente para examinar las piedras de los muros y asegurarse de que ninguna brecha hubiese sido abierta, sin importar que tan hábilmente.

—¿Una escalera, sin duda? —insinuó Gourel.

—No, puesto que Gertrude la atraviesa en pleno día. Un acceso de ese tipo evidentemente no puede dar afuera. Es preciso que el agujero esté oculto por alguna construcción ya existente.

—No hay más que los cuatro pabellones, y los cuatro están habitados —objetó Gourel.

—Perdón, pero el tercer pabellón, el pabellón Hortensia, no está habitado.

—¿Quién se lo dijo?

—La portera. Por temor al ruido, Mme. Kesselbach alquiló ese pabellón que está próximo al suyo. ¿Quién sabe si, al actuar así, no fue influenciada por Gertrude?

Caminó alrededor de la casa. Los postigos estaban cerrados. Por si acaso, levantó el pestillo de la puerta: la puerta se abrió.

—¡Ah, Gourel! Creo que llegamos. Entremos. Enciende tu linterna... ¡Oh! El vestíbulo, el salón, el comedor... es inútil. Debe haber un sótano, pues la cocina no está en este piso.

—Por aquí, jefe... aquí está la escalera de servicio.

En efecto, descendieron hasta una cocina bastante amplia y repleta de sillas de jardín. Un cuarto de lavado junto a ella, que servía también de bodega, presentaba el mismo desorden de objetos amontonados unos sobre otros.

—¿Qué brilla ahí, jefe?

Gourel se agachó y recogió del suelo un alfiler de cobre con cabeza de perla falsa.

—La perla aún brilla —dijo Lenormand—, lo que no ocurriría si hubiera pasado mucho tiempo en esta bodega. Gertrude pasó por aquí, Gourel.

Gourel se dedicó a mover un montón de toneles vacíos, estantes y mesas viejas y cojas.

—Pierdes el tiempo, Gourel; si el pasadizo estuviera allí, ¿cómo tendrían tiempo primero para mover todos estos objetos y luego volver a colocarlos? Mira, aquí hay una contraventana fuera de servicio que no tiene ninguna razón para estar colgada en la pared con este clavo. Quítala.

Gourel obedeció.

Detrás de la contraventana, el muro estaba hueco. A la luz de la linterna vieron un subterráneo que se hundía.

III

—No me equivoqué —dijo M. Lenormand—. El paso es reciente. Como puedes ver, son trabajos hechos con prisa y para una duración limitada... No hay albañilería. En ciertas partes, dos maderos en cruz y una viga que sirve de techo, y eso es todo. Aguantará lo que aguantará, pero siempre lo suficiente para el objetivo que ellos persiguen, es decir...

—¿Es decir qué, jefe?

—Pues bien, primero, para permitir las idas y venidas de Gertrude y sus cómplices, y después un día, un día próximo, el secuestro, o, más bien, la desaparición milagrosa e incomprensible de Mme. Kesselbach.

Avanzaron con precaución para no tropezar con alguna de las vigas cuya solidez no parecía inquebrantable.

A primera vista, la longitud del túnel era muy superior a los cincuenta metros que como máximo separaban el pabellón del recinto del jardín. Debía, pues, terminar bastante lejos de los muros, más allá de un camino que bordeaba la propiedad.

—¿Por aquí vamos por el lado de Villeneuve y del estanque? —preguntó Gourel.

—No, justo lo opuesto —afirmó Lenormand.

La galería descendía en una pendiente suave. Había un peldaño, luego otro y se doblaba a la derecha. En ese momento tropezaron con una puerta empotrada en un rectángulo de mampostería cuidadosamente cimentado. M. Lenormand la empujó y esta se abrió.

—Un segundo, Gourel —dijo deteniéndose—. Reflexionemos... Quizá sería mejor que regresáramos.

—¿Por qué?

—Hay que pensar que Ribeira ha previsto el peligro, y suponer que ha tomado sus precauciones en caso de que el subterráneo fuera descubierto. Además, él sabe que fisgoneábamos en el jardín. Sin duda, nos ha visto entrar en este pabellón. ¿Quién nos asegura que no nos ha tendido una trampa?

—Somos dos, jefe.

—Y ellos son veinte.

Observó. El subterráneo ascendía y se dirigía hacia la otra puerta, a cinco o seis metros de distancia.

—Vamos hasta ahí —dijo— y ya veremos.

Pasó seguido de Gourel, a quien recomendó dejar la puerta abierta, y avanzó hacia la otra puerta con la idea firme de no ir más allá. Pero estaba cerrada, y aunque la cerradura parecía funcionar, no logró abrirla.

—Está echado el cerrojo —dijo—. No hagamos ruido y regresemos. Sobre todo porque afuera estableceremos, según la orientación de la galería, la línea sobre la que tendremos que buscar la otra salida del subterráneo.

Regresaron sobre sus pasos hacia la primera puerta. Entonces Gourel, quien marchaba adelante, lanzó una exclamación de sorpresa.

—¡Caray, está cerrada!

—¡Cómo! Pero si te dije que la dejaras abierta.

—La dejé abierta, jefe, pero el batiente se cerró solo.

—¡Imposible! Habríamos oído el ruido.

—¿Entonces?

—Entonces... entonces... no sé...

Se acercó.

—Veamos... hay una llave... ¿gira? Pero del otro lado debe haber un cerrojo.

—¿Quién lo habrá echado?

—Ellos, ¡rayos! Detrás de nosotros. Quizá tienen otra galería a lo largo de esta, o bien estaban en el pabellón deshabitado... En fin, caímos en la trampa.

Se concentró en la cerradura, introdujo su navaja en la hendidura, buscó todos los medios; luego, en un momento de cansancio, dijo:

—¡No hay nada que hacer!

—¿Cómo, jefe, nada que hacer? ¿En ese caso estamos perdidos?

—Creo que sí —dijo.

Regresaron a la otra puerta; luego, volvieron a la primera. Ambas eran macizas, en madera dura, reforzadas con travesaños; en suma, indestructibles.

—Necesitaríamos un hacha —dijo el jefe de la *Sûreté*—, o cuando menos un instrumento eficaz... como un cuchillo, con el cual pudiéramos cortar el sitio donde probablemente está el cerrojo... Y no tenemos nada.

Tuvo un súbito ataque de rabia y se lanzó con el cuerpo contra el obstáculo, como si pudiera derribarlo. Luego, impotente, vencido, le dijo a Gourel:

—Escucha, veremos esto dentro en una hora o dos. Estoy cansado, voy a dormir... Vigila mientras tanto. Y si vienen a atacarnos...

—¡Ah! Si vinieran estaríamos salvados, jefe —exclamó Gourel, como un hombre a quien la batalla lo aliviase, por desigual que fuese.

M. Lenormand se acostó en el suelo. Al cabo de un minuto estaba dormido. Cuando se despertó permaneció unos instantes indeciso, sin comprender, preguntándose qué era esa suerte de sufrimiento que lo atormentaba.

—¡Gourel! —llamó—. ¡Bueno! ¡Gourel!

Al no obtener respuesta, encendió la linterna y vio a Gourel a su lado, que dormía profundamente.

«¿Por qué siento este dolor?», pensó. «¿Verdaderos retortijones? ¡Ah, es eso! ¡Tengo hambre! Sencillamente, ¡me muero de hambre! Entonces, ¿qué hora es?».

Su reloj marcaba las siete y veinte, pero recordó que no le había dado cuerda. El reloj de Gourel tampoco funcionaba. Este, entretanto, se había despertado debido a los mismos dolores de estómago y estimaron que la hora del almuerzo había pasado hacía mucho y que habían dormido una parte del día.

—Tengo las piernas adormecidas —declaró Gourel— y los pies como si estuvieran en hielo. ¡Qué rara sensación!

Quiso frotárselos, y agregó:

—Vaya, no es en hielo en lo que estaban metidos mis pies, sino en agua. Mire, jefe... Por el lado de la primera puerta es una verdadera marea.

—Fuga de agua —respondió M. Lenormand—. Subamos hacia la segunda puerta y te secarás.

—Pero, ¿qué hará usted, jefe?

—¿Crees que me dejaré enterrar vivo en esta cueva...? ¡Ah! No, aún no tengo la edad. Dado que las dos puertas están cerradas, intentemos atravesar las paredes.

Una a una quitó las piedras que sobresalían a la altura de la mano, con la esperanza de abrir otro túnel que iría en pendiente hasta el nivel del suelo. Pero el trabajo era largo y laborioso, pues en esta parte del subterráneo las piedras estaban cimentadas.

—Jefe... jefe... —balbució Gourel con voz entrecortada.

—¿Sí?

—Tiene los pies en el agua.

—¡Vamos, pues! Así es... En fin, no hay nada que hacer. Nos secaremos al sol...

—Pero, ¿no ve, pues?

—¿Qué?

—Que sube, jefe, que sube...

—¿Qué sube?

—El agua...

M. Lenormand sintió un escalofrío que le recorrió la piel. Comprendió de golpe. No eran filtraciones fortuitas, sino una inundación hábilmente preparada que se producía de forma mecánica, incontenible, a causa de algún sistema infernal.

—¡Ah, el canalla! —gruñó—. ¡Si alguna vez lo atrapo...!

—Sí, sí, jefe; pero primero debemos salir de aquí, y para mí...

Gourel parecía completamente abatido, incapaz de tener una idea, de proponer un plan. M. Lenormand se había arrodillado sobre el suelo y medía la velocidad con que el agua se elevaba. Un cuarto de la primera puerta estaba ya cubierta, y el agua avanzaba hasta la mitad de la segunda.

—El avance es lento, pero ininterrumpido —dijo—. Dentro de unas horas la tendremos por encima de la cabeza.

—Pero esto es espantoso, jefe, ¡es horrible! —gimió Gourel.

—¡Ah! Oye, no nos vas a molestar con tus lloriqueos, ¿verdad? Llora si te entretiene, pero que yo no te oiga.

—Es el hambre lo que me debilita, jefe, tengo el cerebro dando vueltas.

—Aguántate.

Como decía Gourel, la situación era espantosa, y si M. Lenormand hubiera tenido menos energía, habría abandonado una lucha tan vana. ¿Qué hacer? No cabía esperar que Ribeira tuviera la caridad de abrirles el paso. Tampoco cabía esperar que los hermanos Doudeville pudieran socorrerlos, puesto que los inspectores ignoraban la existencia de este túnel. Por consiguiente, no quedaba ninguna esperanza, ninguna esperanza además de un milagro imposible...

—¡Veamos, veamos! —repetía M. Lenormand—. Es demasiado estúpido... ¡no vamos a morir aquí! ¡Qué diablos! Debe haber algo... Alúmbrame, Gourel.

Examinó la segunda puerta de arriba abajo, en todos sus rincones. De este lado, como probablemente del otro, había un cerrojo, un cerrojo enorme. Con la hoja de su cuchillo, quitó los tornillos y el cerrojo cedió.

—¿Y ahora? —preguntó Gourel.

—Ahora... este cerrojo es de hierro, bastante largo, casi puntiagudo... Cierto que no vale tanto como un zapapico, pero, a pesar de eso, es mejor que nada, y...

Sin acabar la frase, clavó el instrumento en la pared de la galería, un poco antes del pilar de mampostería que sostenía las bisagras de la puerta. Como esperaba, una vez atravesada la primera capa de cemento y piedras, encontró tierra blanda.

—¡Manos a la obra! —exclamó.

—Lo haré, jefe, pero explíqueme...

—Es sencillo: se trata de cavar en torno a este pilar un pasadizo de tres o cuatro metros de largo que comunique con el túnel más allá de la puerta y que nos permita escapar.

—Pero tomará horas, y durante ese tiempo el agua sube.

—Alúmbrame, Gourel.

—En veinte minutos, una media hora lo más, nos llegará a los pies.

—Alúmbrame, Gourel.

La idea de M. Lenormand era acertada, y con un poco de esfuerzo, cavando hacia él y haciendo caer en el túnel la tierra que sacaba con el instrumento, no tardó en abrir un agujero bastante grande para deslizarse por él.

—¡Es mi turno, jefe! —dijo Gourel.

—¡Ah, ah! ¿Vuelves a la vida? Pues bien, trabaja. No tienes más que cavar en torno del pilar.

En ese momento, el agua les llegaba a los tobillos. ¿Les daría tiempo de terminar la obra que habían comenzado?

A medida que avanzaban se hacía más difícil, pues la tierra removida les estorbaba más, y, tendidos boca abajo, en el pasadizo se veían obligados a cada instante a sacar los escombros que lo obstruían.

Al cabo de dos horas, el trabajo estaba avanzado en tres cuartas partes, pero el agua les cubría las piernas. Una hora después llegaría al orificio que ellos cavaban: entonces sería el fin.

Gourel, agotado por la falta de alimento, y cuya fuerte corpulencia le dificultaba ir y venir dentro de aquel pasillo cada vez más estrecho, tuvo que renunciar. Ya no se movía; temblaba de angustia al sentir el agua helada que lo envolvía poco a poco.

M. Lenormand trabajaba con un ardor incansable. Tarea terrible, obra de termitas que se realizaba en unas tinieblas asfixiantes. Sus manos sangraban. Desfallecía de hambre. Respiraba mal un aire insuficiente y, de tiempo en tiempo, los suspiros de Gourel le recordaban el espantoso peligro que lo amenazaba en el fondo de la cueva.

Pero nada hubiese podido desanimarlo, pues ahora encontraba frente a él las piedras cimentadas que componían la pared de la galería. Era lo más difícil, pero el final se aproximaba.

—¡Esto sube! —exclamó Gourel, con voz entrecortada—, ¡esto sube!

M. Lenormand redobló sus esfuerzos. De pronto, la varilla del cerrojo de que se servía golpeó en el vacío. El paso estaba perforado. No tenía más que agrandarlo, lo que se hacía mucho más fácil ahora era que él podía desechar los materiales hacia adelante.

Enloquecido de terror, Gourel lanzaba aullidos como una bestia agonizante. Él no se turbaba; la salvación estaba al alcance de la mano.

Experimentó, sin embargo, unos segundos de ansiedad al constatar por el ruido de los materiales que caían, que aquella parte del túnel estaba igualmente llena de agua, lo que era natural, ya que la puerta no constituía un dique suficientemente hermético. Pero, ¡qué importaba! La salida estaba libre... Un último esfuerzo... Entró...

—Ven, Gourel —gritó, yendo a buscar a su compañero. Tiró de él, medio muerto, por los puños.

—Vamos, muévete, inútil, que estamos salvados.

—¿Usted cree, jefe?, ¿usted cree? Tenemos el agua hasta el pecho.

—Estamos bien. Mientras no la tengamos por encima de la boca... ¿Y tu linterna?

—Ya no funciona.

—Ni modo.

Lanzó una exclamación de alegría.

—Un peldaño... dos peldaños... Una escalera. ¡Por fin!

Salían del agua, de aquella agua maldita que se los había casi tragado, y era una sensación deliciosa, una liberación que los exaltaba.

—¡Detente! —murmuró M. Lenormand.

Su cabeza había chocado contra algo. Con los brazos extendidos, se apoyó contra el obstáculo que pronto cedió. Era el batiente de una trampa, y abierta esta suerte de escotilla, estaban en una cueva donde por un respiradero se filtraba la luz de una noche clara.

Levantó el batiente y escaló los últimos peldaños.

Un manto cayó sobre él. Unos brazos lo sujetaron. Se sintió envuelto en un cobertor, una especie de abrigo y luego amarrado con cuerdas.

—Al otro —dijo una voz.

Debieron ejecutar la misma operación con Gourel, y la misma voz dijo:

—Si gritan, mátalos enseguida. ¿Tienes tu puñal?

—Sí.

—En marcha. Dos con este... y dos con el otro... Nada de luces, tampoco nada de ruidos... ¡Eso sería grave! Desde esta mañana fisgonean en el jardín de al lado... Son diez o quince. Regresa al pabellón, Gertrude, y a la menor cosa llámame a París.

M. Lenormand tuvo la impresión de que lo cargaban y, luego de un instante, la impresión de que estaban al aire libre.

—Acerca la carreta —dijo la voz.

M. Lenormand escuchó el ruido de un coche y de un caballo.

Lo tendieron sobre tablas. A Gourel lo subieron junto a él. El caballo partió al trote. El trayecto duró una media hora aproximadamente.

—¡Alto! —ordenó la voz—. ¡Hay que bajarlos! ¡Eh! Conductor, voltea la carreta de modo que la parte de atrás quede junto al parapeto del puente... Bien... ¿Nada de barcos por el Sena? ¿No? Entonces no perdamos tiempo... ¡Ah! ¿Se les amarraron las piedras?

—Sí, adoquines.

—En ese caso, adelante. Encomiende su alma a Dios, señor Lenormand, y ruegue por mí, Parbury-Ribeira, más conocido por el nombre de barón de Altenheim. ¿Ya está? ¿Todo listo? Y bien, ¡buen viaje, señor Lenormand!

M. Lenormand fue colocado sobre el parapeto. Lo empujaron. Él sintió que caía en el vacío, mientras todavía escuchaba la voz que decía en tono de burla:

—¡Buen viaje!

Diez segundos después, fue el turno del oficial Gourel.

VI

Parbury Ribeira Altenheim

UNO

Las niñas jugaban en el jardín bajo la vigilancia de Mlle. Carlota, nueva colaboradora de Geneviève. Mme. Ernemont les repartió pastelitos y luego regresó a la habitación que servía de salón y sala de estar, y se instaló en un escritorio donde ordenó los papeles y los registros. Enseguida tuvo la impresión de una presencia extraña en la habitación. Inquieta, volteó.

—¡Tú! —exclamó ella—. ¿De dónde vienes? ¿Por dónde...?

—Silencio —dijo el príncipe Sernine—. Escúchame y no perdamos ni un minuto. ¿Dónde está Geneviève?

—De visita en casa de Mme. Kesselbach.

—¿Estará aquí?

—No antes de una hora.

—Entonces dejaré que vengan los hermanos Doudeville. Tengo cita con ellos. ¿Cómo está Geneviève?

—Muy bien.

—¿Cuántas veces ha visto a Pierre Leduc tras mi partida hace diez días?

—Tres veces, y debe verlo hoy en casa de Mme. Kesselbach, a quien se lo presentó, según tus órdenes. Solamente te diré que ese Pierre Leduc a mí no me parece gran cosa. Geneviève necesitaría más bien encontrar algún buen muchacho de su clase. Por ejemplo, el profesor.

—¡Estás loca! ¡Geneviève desposando un maestro de escuela!

—¡Ah! Si tú consideraras primero la felicidad de Geneviève...

—¡Caray, Victorie! Me fastidias con todas tus tonterías. ¿Acaso tengo tiempo de sentimentalismos? Yo juego una partida de ajedrez y voy empujando mis piezas sin preocuparme de lo que ellas piensen. Cuando haya ganado la partida, me preocuparé de saber si el caballo Pierre Leduc, y la reina Geneviève tienen corazón.

Ella lo interrumpió:

—¿Escuchaste? Un silbido...

—Son los dos Doudeville. Ve a buscarlos y déjanos solos.

En cuanto entraron los dos hermanos, él los interrogó con su habitual precisión:

—Ya sé lo que los periódicos han dicho sobre la desaparición de Lenormand y de Gourel. ¿Se sabe algo más?

—No. El subjefe Weber ha tomado el asunto en sus manos. Desde hace ocho días registramos el jardín de la residencia de retiro, pero no se ha llegado a explicar cómo han podido desaparecer. Todo el departamento de policía está desconcertado... Jamás se había visto eso... ¡un jefe de la *Sûreté* que desaparece, y sin dejar huella!

—¿Las dos sirvientas?

—Gertrude se marchó. La estamos buscando.

—¿Su hermana Suzanne?

—M. Weber y M. Formerie la interrogaron. No hay nada contra ella.

—¿Y eso es todo lo que tienes que decirme?

—¡Oh, no! Hay otras cosas, lo que no le hemos dicho a los periódicos.

Entonces, narraron los acontecimientos que habían marcado los dos últimos días de M. Lenormand: la visita nocturna de los dos bandidos a la residencia de Pierre Leduc y, luego, al día siguiente, el intento de rapto cometido por Ribeira y la persecución por los bosques de Saint-Cucufa; luego, la llegada del viejo Steinweg, su interrogatorio en la *Sûreté* delante de Mme. Kesselbach y su fuga del Palacio.

—¿Y nadie más conoce ninguno de esos detalles?

—Dieuzy sabe lo del incidente de Steinweg... él mismo nos lo contó.

—¿Y aún te tienen confianza en la prefectura?

—Tanta confianza que a mi hermano y a mí nos emplean abiertamente. Weber nos tiene una confianza ciega.

—Entonces —dijo el príncipe—, no todo está perdido. Si M. Lenormand ha cometido alguna imprudencia que le ha costado la vida, como supongo, habrá realizado antes una buena tarea y no hay más que continuarla. El enemigo tiene ventaja, pero lo alcanzaremos.

—Nos irá mal, patrón.

—¿En qué? Se trata, simplemente, de reencontrar al viejo Steinweg, puesto que él tiene la clave del enigma.

—Sí, pero, ¿dónde ha ocultado Ribeira al viejo Steinweg?

—En su casa, ¡claro!

—Será preciso entonces saber dónde vive Ribeira.

—¡Por Dios!

Tras despedirlos, se dirigió a la residencia de retiro. Había dos automóviles estacionados frente a la puerta y dos hombres iban y venían como si montaran guardia. En el jardín, cerca del pabellón de Mme. Kesselbach, vio en un banco a Geneviève, Pierre Leduc y un señor de complexión robusta que llevaba monóculo. Los tres hablaban. Ninguno lo vio.

Varias personas salieron del pabellón. Eran M. Formerie, M. Weber, un secretario y dos inspectores. Geneviève volvió a la casa, el señor del monóculo dirigió la palabra al juez y al subjefe de la *Sûreté* y se alejó lentamente con ellos.

Sernine se acercó al banco donde Pierre Leduc estaba sentado y murmuró:

—No te muevas, Pierre Leduc, soy yo.

—¡Usted...! ¡Usted...!

Era la tercera vez que el joven veía a Sernine desde la horrible noche de Versalles y esto lo seguía perturbando.

—Responde. ¿Quién es el individuo del monóculo?

Pierre Leduc balbució, pálido. Sernine le pellizcó el brazo.

—Responde: ¡maldita sea! ¿Quién es?

—El barón Altenheim.

—¿De dónde viene?

—Era amigo de M. Kesselbach. Llegó de Austria hace seis días y se ha puesto a disposición de Mme. Kesselbach.

Entretanto, los funcionarios habían salido del jardín, así como el barón Altenheim.

El príncipe se levantó y, mientras se dirigía al pabellón de la Emperatriz, continuó:

—¿El barón te ha interrogado?

—Sí, mucho. Mi caso le interesa. Dicen que quiere ayudarme a reunirme con mi familia, apelando a mis recuerdos de infancia.

—¿Y qué le has dicho?

—Nada, puesto que nada sé. ¿Es que acaso tengo recuerdos? Usted me puso en el lugar de otro y yo ni siquiera sé quién es ese otro.

—¡Yo tampoco! —dijo el príncipe en tono de burla—, y en eso justamente consiste lo extraño de tu caso.

—¡Ah! Usted se ríe... usted siempre se ríe... Pero yo, yo comienzo a hartarme de esto... Estoy involucrado en muchas cosas complicadas, sin mencionar el peligro que corro interpretando a un personaje que no soy.

—¿Cómo que no eres? Tú, cuando menos, eres duque, lo mismo que yo soy príncipe. Quizá incluso más. Y además, si no lo eres, conviértete en él, ¡diablos! Geneviève no puede más que casarse con un duque. Mírala... ¿No valdría ella que vendieras tu alma a cambio de sus bellos ojos?

Él ni siquiera la miró, indiferente a lo que Sernine pensara.

Entraron, y al pie de las escaleras apareció Geneviève, graciosa y sonriente.

—¿Ya está de regreso? —dijo ella al príncipe—. ¡Ah! Qué bien. Estoy contenta... ¿Quiere ver a Dolores?

Después de un instante lo hizo pasar a la habitación de Mme. Kesselbach. El príncipe se sorprendió. Dolores estaba aún más pálida, más demacrada que el último día que la había visto. Acostada sobre un diván, envuelta en ropas blancas, tenía el aire de esos enfermos que renuncian a luchar. Era contra la vida que ya no luchaba más, contra el destino que la abrumaba con sus golpes.

Sernine la miró con una piedad profunda y con una emoción que no intentó disimular. Ella le agradeció la compasión que él le expresaba. También habló del barón Altenheim en términos amistosos.

—¿Lo conocía de antes? —preguntó él.

—De nombre, sí, por mi marido, con quien estaba muy relacionado.

—Yo conocí a un Altenheim que vivía en la calle Daru. ¿Piensa que sea este?

—¡Oh, no! Ese vive... de hecho no sé mucho, me ha dado su dirección, pero no podría repetirla...

Tras unos minutos de conversación, Sernine se retiró.

Geneviève lo esperaba en el vestíbulo.

—Necesito hablar con usted —dijo ella alterada—. Hay cosas graves. ¿Lo ha visto?

—¿A quién?

—Al barón Altenheim... Pero ese no es su nombre, o cuando menos tiene otro... lo reconocí... él no lo sospecha...

Ella lo conducía hacia fuera y caminaba muy agitada.

—Calma, Geneviève...

—Ese es el hombre que quiso raptarme... Sin el pobre M. Lenormand, yo habría estado perdida... Veamos, usted debe saber, usted que lo sabe todo.

—Entonces, ¿su verdadero nombre?

—Ribeira.

—¿Está segura?

—Por mucho que cambiara su rostro, su acento, sus gestos, lo supe de inmediato, por el horror que me inspira. Pero no dije nada... hasta que usted regresara.

—¿Tampoco le dijo nada a Mme. Kesselbach?

—No, nada. Ella parecía tan feliz de encontrar a un amigo de su marido... Pero usted sí le dirá, ¿no es así? Usted la defenderá... No sé lo que prepara contra ella, contra mí... Ahora que M. Lenormand ya no está aquí, él no teme a nada, actúa como amo y señor... ¿Quién podría desenmascararlo?

—Yo. Respondo de todo. Pero ni una palabra a nadie.

Habían llegado ante la portería. La puerta se abrió. El príncipe agregó:

—Adiós, Geneviève, y, sobre todo, esté tranquila. Yo estoy aquí.

Cerró la puerta, se volvió y enseguida retrocedió un poco. Frente a él se hallaba, cabeza erguida, hombros anchos y mandíbula fuerte, el hombre del monóculo, el barón Altenheim.

Se miraron dos o tres segundos en silencio. El barón sonrió y dijo:

—Te esperaba, Lupin.

Con todo y su autocontrol, Sernine se estremeció. Vino para desenmascarar a su adversario y era su adversario quien lo había desenmascarado a la primera. Y al mismo tiempo, ese adversario se ofrecía a la lucha con audacia y descaro, como si estuviera seguro de la victoria. El gesto era ostentoso y demostraba fuerza bruta.

Los dos hombres se midieron con la mirada, violentamente hostiles.

—¿Y ahora? —dijo Sernine.

—¿Ahora? ¿No crees que debemos vernos?

—¿Por qué?

—Tengo que hablar contigo.

—¿Qué día quieres?

—Mañana. Almorzaremos juntos en el restaurante.

—¿Por qué no en tu casa?

—No sabes mi dirección.

—Sí.

El príncipe tomó rápidamente un periódico que sobresalía del bolsillo de Altenheim, un periódico que aún tenía la faja de envío y decía: «29, Villa Dupont».

—Bien hecho —dijo el otro—. Entonces, hasta mañana en mi casa.

—Nos vemos mañana en tu casa. ¿Hora?

—A la una.

—Allí estaré. Mis respetos.

Iban a separarse. Altenheim se detuvo.

—¡Ah! Una palabra, príncipe. Lleva tus armas.

—¿Por qué?

—Tengo cuatro criados y tú estarás solo.

—Tengo mis puños —replicó Sernine—, el juego será parejo.

Le dio la espalda, y luego lo llamó de nuevo:

—¡Ah! Una palabra, barón. Contrata otros cuatro criados.

—¿Por qué?

—Acabo de pensar; llevaré mi látigo.

II

A la una en punto, un jinete atravesó el acceso de Villa Dupont, una pacífica calle provinciana cuya única salida da a la calle Pergolèse, a dos pasos de la avenida del Bosque. La bordean jardines y bellos hoteles, al fondo está cerrada por una especie de parquecito donde se alza una mansión grande y antigua junto a la cual pasa la vía del ferrocarril de circunvalación. Allí, en el número 29, habitaba el barón Altenheim.

Sernine pasó las riendas de su caballo a un lacayo al que había enviado allí antes y le dijo:

—Tráelo de vuelta a las dos y media.

Tocó el timbre. Al abrirse la puerta del jardín, se dirigió hacia la escalinata, donde lo esperaban dos corpulentos tipos vestidos con librea que lo pasaron a un inmenso vestíbulo de piedra, frío y sin el menor ornamento. La puerta se cerró tras él con un ruido sordo, y por mucho que su valor fuera inquebrantable, no por ello dejó de experimentar una impresión menos desagradable al sentirse solo, rodeado de enemigos, en aquella prisión aislada.

—Anuncie al príncipe Sernine —dijo a un criado.

El salón estaba contiguo. Se le hizo entrar de inmediato.

—¡Ah! Ya llegó, mi querido príncipe —dijo el barón, viniendo a su encuentro—. ¡Pues bien! Figúrese... Dominique, almorzaremos en veinte minutos... Hasta entonces, que nos dejen solos. Figúrese, mi querido príncipe, que yo no creía mucho en su visita.

—¡Ah! ¿Por qué?

—¡Caray! Su declaración de guerra de esta mañana fue tan clara que toda entrevista resultaría inútil.

—¿Mi declaración de guerra?

El barón desplegó un número del *Grand Journal* y señaló con el dedo un artículo redactado así:

Comunicado.

La desaparición de M. Lenormand no ha dejado de perturbar a Arsène Lupin. Después de una investigación sumaria, y como continuación a su proyecto de esclarecer el asunto Kesselbach, Arsène Lupin ha decidido que encontrará a M. Lenormand *vivo o muerto*, y que entregará a la justicia al autor o autores de esta abominable serie de fechorías

—¿Es suyo este comunicado, mi querido príncipe?

—Es mío, en efecto.

—En consecuencia, yo tenía razón, es la guerra.

—Sí.

Altenheim pidió a Sernine que se sentara, él se sentó a su vez, y dijo en tono conciliador:

—Pues bien, no, no puedo admitirlo. Es imposible que dos hombres como nosotros se combatan y se hagan mal. Sólo basta explicarse, buscar los medios, estamos hechos para entendernos.

—Creo, por el contrario, que dos hombres como nosotros no están hechos para entenderse.

El otro reprimió un gesto de impaciencia y continuó:

—Escucha, Lupin... A propósito, ¿quieres que te llame Lupin?

—¿Cómo te llamaré yo? ¿Altenheim, Ribeira o Parbury...?

—¡Oh! ¡Oh! Veo que estás más documentado de lo que creía. ¡Diablos!, estás a la defensiva... Razón de más para entendernos.

E inclinándose sobre él:

—Escucha, Lupin, piensa bien en mis palabras, no hay ni una que yo no haya sopesado cuidadosamente. Helo aquí... Somos fuertes los dos... ¿Sonríes? Es un error... Es posible que tengas recursos que yo no tengo, pero tengo otros que tú ignoras. Además, como lo sabes, no tengo muchos escrúpulos...

pero sí destreza... y una habilidad para cambiar de personalidad que un maestro como tú debe apreciar. En suma, los dos adversarios somos de valía. Pero queda una pregunta: ¿por qué somos adversarios? Perseguimos el mismo objetivo, dirás tú. ¿Y qué? ¿Sabes lo que resultará de nuestra rivalidad? Que cada uno paralizará los esfuerzos y destruirá la obra del otro, y que ambos fracasaremos en nuestro objetivo. ¿En beneficio de quién? De un Lenormand cualquiera, de un tercer ladrón... Es demasiado estúpido.

—Es demasiado estúpido, en efecto —confesó Sernine—, pero solo queda una manera.

—¿Cuál?

—Retírate.

—No bromees. Esto es serio. La propuesta que voy a hacerte es de las que no se rechazan sin analizar. En breve, en dos palabras, es esto: asociémonos.

—¡Oh, oh!

—Bien entendido, quedaremos libres, cada uno por su parte, para todo cuanto nos concierne. Pero, para el asunto en cuestión, pondremos nuestros esfuerzos en común. ¿Estás de acuerdo? Al mismo nivel y a partes iguales.

—¿Qué es lo que aportas?

—¿Yo?

—Sí. Tú sabes lo que valgo, ya lo he demostrado. En la unión que me propones tú sabes, por así decirlo, la cifra de mi dote... ¿Cuál es la tuya?

—Steinweg.

—Es poco.

—Es enorme. Por medio de Steinweg averiguaremos la verdad sobre Pierre Leduc. Por él sabremos en qué consiste el famoso proyecto de Kesselbach.

Sernine se echó a reír.

—¿Y necesitas de mí para eso?

—¿Cómo?

—Veamos, hijo mío: tu oferta es pueril. Desde el momento en que Steinweg está en tus manos, si deseas mi colaboración es porque no has logrado hacerlo hablar. De lo contrario, prescindirías de mis servicios.

—¿Entonces?

—Entonces, ¡me niego!

Los dos hombres se irguieron de nuevo, implacables y violentos.

—¡Me niego! —articuló Sernine—. Lupin no necesita de nadie para actuar. Soy de esos que caminan solos. Si fueras mi igual como pretendes, jamás se te hubiera ocurrido la idea de una asociación. Cuando se tiene a un jefe, se manda. Unirse sería obedecer. Yo no obedezco.

—¿Te niegas...? ¿Te niegas...? —repitió Altenheim, pálido por el ultraje.

—Lo más que puedo hacer por ti, hijo mío, es ofrecerte un lugar en mi banda. De simple soldado para comenzar. Bajo mis órdenes verás cómo un general gana una batalla... y cómo se embolsa el botín, él solo, y para él solo. ¿Concordamos, polluelo?

Altenheim rechinaba los dientes fuera de sí. Mascullό:

—Haces mal, Lupin... haces mal. Yo tampoco necesito de nadie, y este asunto no me turba más que un montón de otros que he llevado hasta el final... Lo que yo decía era llegar más rápido al objetivo y sin molestias.

—Tú no me molestas —dijo Lupin desdeñoso.

—¡Vamos, pues! Si no nos asociamos, solo uno triunfará.

—Eso me basta.

—Y no triunfará sino hasta haber pasado sobre el cadáver del otro. ¿Estás listo para esa suerte de duelo, Lupin? Un duelo a muerte, ¿comprendes? La cuchillada es un medio que tú desprecias, pero, ¿y si la recibes, Lupin, en plena garganta?

—¡Ah, ah! A fin de cuentas, ¿es eso lo que me propones?

—No, a mí no me gusta mucho la sangre... Mira mis puños, yo golpeo... tengo mis golpes... Pero *el otro* mata... recuérdalo... la pequeña herida en la garganta... ¡Ah! Ese, Lupin, cuídate de él. Es terrible e implacable. Nada lo detiene.

Pronunció estas palabras en voz baja y con tal emoción que Sernine se estremeció ante el recuerdo abominable del desconocido.

—Barón —dijo él en tono de burla—. ¡Se diría que tienes miedo de tu cómplice!

—Tengo miedo por los demás, por los que nos bloquean el camino; por ti, Lupin. Acepta o estás perdido. Yo mismo, si es preciso, actuaré. El objetivo está demasiado cerca..., ya puedo sentirlo... ¡Vamos, Lupin!

Se veía poderoso, con energía y voluntad exasperada, y tan brutal que se hubiera dicho que estaba listo para atacar al enemigo en el acto.

Sernine se encogió de hombros.

—¡Dios! ¡Qué hambre! —dijo bostezando—. ¡Qué tarde se come en tu casa!

La puerta se abrió.

—¡Señor, está servido! —anunció el mayordomo.

—¡Ah! ¡Qué buena noticia!

En el umbral de la puerta, Altenheim lo tomó del brazo y, sin preocuparse de la presencia del criado, dijo:

—Un buen consejo: acepta. La hora es crítica... Y es mejor, te lo juro, es mejor... acepta...

—¡Caviar! —exclamó Sernine—. ¡Ah! Eso es muy gentil... Te has acordado de que atendías a un príncipe ruso.

Se sentaron uno frente al otro y el galgo del barón, una enorme bestia de largo pelo plateado, se colocó entre ellos.

—Le presento a Sirius, mi más fiel amigo.

—Un compatriota —dijo Sernine—. Jamás olvidaré lo que

tuvo a bien regalarme el zar cuando tuve el honor de salvarle la vida.

—¡Ah! ¿Tuvo el honor...? ¿Un *complot* terrorista, sin duda?

—Sí, *complot* que yo había organizado. Figúrese usted que ese perro, que se llamaba Sebastopol...

El almuerzo continuó alegremente. Altenheim había recobrado el buen humor y los dos hombres hicieron gala de espíritu y de cortesía. Sernine contó anécdotas a las cuales el barón replicó con otras anécdotas, algunos relatos de caza, de deportes, de viajes donde surgían a cada instante los más antiguos nombres de Europa, los grandes de España, lores ingleses, magiares húngaros, archiduques austriacos.

—¡Ah! —dijo Sernine—. ¡Qué hermoso oficio el nuestro! Nos pone en relación con todo cuanto hay de bueno sobre la tierra. Toma, Sirius, un poco de esta ave trufada.

El perro no le quitaba el ojo, engullendo de un bocado todo cuanto Sernine le ofrecía.

—¿Una copa de Chambertin, príncipe?

—Con gusto, barón.

—Se lo recomiendo. Viene de las cavas del rey Leopoldo.

—¿Un regalo?

—Sí, un regalo que yo me hice.

—Es delicioso. ¡Qué fragancia! Con esta pasta de hígado, es un hallazgo. Mis felicitaciones, barón, su chef es de primer orden.

—Ese chef es una cocinera, príncipe. Se la quité a precio de oro a Levrand, el diputado socialista. Tenga, pruebe este helado al cacao, y llamo su atención sobre los pasteles secos que lo acompañan. Un invento de un genio estos pasteles.

—Tienen forma encantadora, en todo caso —dijo Sernine, que se servía—. Si su trino coincide con su plumaje... Toma, Sirius, esto te debe encantar. Locuste no podría haberlo hecho mejor.

Rápidamente había tomado uno de los pasteles y se lo había ofrecido al perro. Este lo tragó de un bocado, permaneció dos o tres segundos inmóvil, como atontado, luego se volteó sobre sí mismo y cayó fulminado.

Sernine se había echado para atrás para no ser sorprendido a traición por uno de los criados, y se echó a reír:

—Escucha, barón: cuando quieras envenenar a uno de tus amigos, procura que tu voz se conserve calmada y que tus manos no tiemblen... Si no, uno desconfía... Pero creía que te repugnaba el asesinato.

—Con cuchillo sí —dijo Altenheim sin turbarse—. Pero siempre quise envenenar a alguien. Quería saber qué gusto tenía eso.

—¡Caray! Mi buen hombre, eliges bien tus piezas. ¡Un príncipe ruso!

Se acercó a Altenheim y le dijo en tono confidencial:

—¿Sabes lo que habría ocurrido si hubieras tenido éxito, es decir, si mis amigos no me hubieran visto regresar a las tres por muy tarde? Pues bien, a las tres y media, el prefecto de policía sabría exactamente a qué atenerse en lo referente al llamado barón Altenheim, y dicho barón habría sido apresado antes del fin del día y encerrado en la prisión central.

—¡Bah! —respondió Altenheim—. De la prisión se escapa uno, mientras que del reino a donde yo te enviaba, no se regresa.

—Evidentemente, pero primero habría sido preciso enviarme, y eso no es fácil.

—Bastaba un bocado de uno de esos pasteles.

—¿Estás seguro?

—Prueba.

—Decididamente, hijo mío, no tienes todavía la pasta de un gran maestro de la aventura, y, sin duda, no la tendrás jamás, puesto que me tiendes trampas de esta clase. Cuando uno se cree digno de llevar la vida que tenemos, el honor de llevar, se debe también ser capaz, y para ello, estar listo para todas las eventualidades... incluso para no morir si un canalla cualquiera intenta envenenarte... Un alma intrépida en un cuerpo inexpugnable, de ahí el ideal que es preciso proponerse... y alcanzar. Trabaja, hijo mío. Yo soy intrépido e inexpugnable. Acuérdate del rey Mitrídates.

Y se sentaron de nuevo.

—¡A la mesa ahora! Pero como yo amo demostrar las virtudes que me atribuyo, y como, por otra parte, no quiero causarle disgusto a tu cocinera, dame, pues, ese plato de pasteles.

Tomó uno, lo partió en dos y le tendió una mitad al barón.

—¡Cómelo!

El otro hizo un gesto de repudio.

—¡Cobarde! —dijo Sernine.

Y, ante la mirada atónita del barón y de sus compinches, se puso a comer la primera y luego la segunda mitad del pastel, tranquilamente, a conciencia, como quien come un manjar del que se lamentaría perder la más pequeña migaja.

III

Se vieron de nuevo.

Esa misma noche, el príncipe Sernine invitó al barón Altenheim al cabaret Vatel y cenaron con un poeta, un músico, un financiero y dos hermosas actrices pertenecientes al Teatro Francés. Al día siguiente almorzaron juntos en el bosque de Bolonia, y por la noche se reencontraron en la Ópera.

Y cada día, durante una semana, se vieron de nuevo.

Se hubiera dicho que no podían prescindir el uno del otro y que los unía una gran amistad, hecha de confianza, de estima y de simpatía. Se divertían mucho, bebían buenos vinos, fumaban excelentes cigarros y reían como locos.

En realidad, se espiaban ferozmente. Enemigos mortales, separados por un odio salvaje, cada uno de ellos seguro de vencer y queriéndolo con una voluntad sin freno esperaban el minuto propicio, Altenheim para suprimir a Sernine, y Sernine para precipitar a Altenheim en el abismo que cavaba delante de él. Ambos sabían que el desenlace no podía tardar. El uno o el otro dejaría su piel, y eso era una cuestión de horas, de días a lo sumo.

Drama apasionante del cual un hombre como Sernine debía experimentar el extraño y fuerte sabor. Conocer a su adversario y vivir a su lado, saber que al menor paso, al menor descuido, es la muerte la que te espera, ¡qué voluptuosidad!

Un día, en el jardín del círculo de la calle Cambon, del cual Altenheim también era parte, ellos estaban solos a esa hora del crepúsculo en que se comienza a cenar en el mes de junio y en la que los jugadores de la noche aún no están allí.

Se paseaban por un jardín bordeado de arbustos, detrás de los cuales se extendía un muro que el que había una pequeña puerta. De pronto, mientras Altenheim hablaba, Sernine tuvo la impresión de que su voz se hacía cada vez menos segura, casi temblorosa. Por el rabillo del ojo, lo observó. La mano de Altenheim estaba oculta en el bolsillo de su saco, y Sernine vio, a través de la tela, que la mano se crispaba en el mango de un puñal, titubeante, indecisa, a la vez resuelta y sin fuerzas.

¡Qué maravilloso momento! ¿Iba a atacar? ¿Quién triunfaría: el instinto temeroso que no se atreve, o la voluntad consciente, empeñada en el acto de matar?

Con el pecho erguido y los brazos a la espalda, Sernine esperaba con estremecimientos de angustia y de placer. El barón se había callado y en silencio caminaban ambos lado a lado.

—¡Pero ataca! —exclamó el príncipe con impaciencia.

Se había detenido, y volteándose hacia su compañero, dijo:

—¡Ataca, hombre! ¡Es ahora o nunca! Nadie puede verte. Tú escapas por esa puertecilla cuya llave se encuentra, por casualidad, colgada en la pared, y adiós barón, nadie vio nada. Ahora que lo pienso, todo estaba planeado... Eres tú quien me ha traído aquí... ¿Y dudas? ¡Solo ataca y ya!

Lo miraba al fondo de los ojos. El otro estaba lívido, una energía impotente lo hacía temblar.

—¡Gallina! —dijo Sernine en tono de burla—. No sirves para nada. ¿Quieres que te la diga la verdad? Pues bien, te dóy miedo. Pero sí, tú jamás estás muy seguro de lo que va a ocurrirte cuando estás frente a mí. Eres tú quien quiere actuar y son mis actos, mis actos posibles, los que dominan la situación. No, ¡decididamente no eres tú quien me opacará!

No había acabado esta palabra cuando sintió que lo tomaban por el cuello y lo jalaban hacia atrás. Alguien que se ocultaba entre los arbustos, cerca de la puertecilla, lo había agarrado por la cabeza. Vio un brazo que se elevaba armado de un cuchillo cuya hoja brillaba. El brazo cayó y la punta del cuchillo lo alcanzó en plena garganta.

Al mismo tiempo, Altenheim saltó sobre él para acabarlo, y rodaron sobre las flores. Fue cuestión de veinte a treinta segundos a lo sumo. Por fuerte que fuera, por entrenado en los ejercicios de lucha, Altenheim cedió casi enseguida lanzando un grito de dolor. Sernine se levantó y corrió hacia la puertecilla que acababa de cerrarse detrás de una silueta sombría ¡Demasiado tarde! Oyó el ruido de la llave en la cerradura. No pudo abrirla.

—¡Ah, bandido! —juró—. El día que te agarre, ¡ese será el día de mi primer crimen! Pero, por Dios...

Volvió, se agachó y recogió los trozos del puñal que se había roto al golpearlo.

Altenheim comenzaba a moverse. Le dijo:

—¿Y bien, barón, te sientes mejor? No conocías ese golpe, ¿verdad? Ese es el que llamo golpe directo al plexo solar, es decir, que apaga tu energía vital como una vela... Es limpio, rápido, sin dolor... e infalible. Pero, ¿una puñalada? ¡Bah! No hay más que llevar puesta una gargantilla de mallas de acero, como la que llevo, y uno se ríe de todo el mundo, sobre todo de tu pequeño camarada sombrío, dado que siempre ataca a la garganta, ¡el monstruo idiota! Toma, mira su juguete favorito... ¡Hecho trizas!

Y le tendió la mano.

—Vamos, levántate, barón. Te invito a cenar. Y no olvides el secreto de mi superioridad: un alma intrépida en un cuerpo inexpugnable.

Regresó a los salones del círculo, pidió una mesa para dos, se sentó sobre un diván y esperó la hora de cenar, pensando:

«Evidentemente, la partida es divertida, pero ya se está haciendo peligrosa. Hay que terminarla... Si no, esos animales me enviarán al paraíso antes de lo que quiero... Lo molesto, es que no puedo hacer nada contra ellos antes de haber encontrado al viejo Steinweg. Porque, en el fondo, eso es lo único interesante, el viejo Steinweg, y si me aferro al barón es porque todavía espero obtener un indicio cualquiera... ¿Qué diablos habrán hecho con él? Está fuera de duda que Altenheim se halla en comunicación cotidiana con él, es claro que intenta hasta lo imposible para arrancarle información sobre el proyecto de Kesselbach. Pero, ¿dónde lo ve? ¿Dónde lo ha ocultado? ¿En casa de amigos? ¿En su casa en el número 29 de Villa Dupont?».

Reflexionó por largo rato, luego encendió un cigarrillo del que fumó tres veces y lo tiró. Esta debía ser una señal, pues dos jóvenes vinieron a sentarse a su lado, a quienes no parecía conocer, pero con los que charló furtivamente. Eran los hermanos Doudeville.

—¿Qué hay, patrón?

—Hay que tomar a seis de nuestros hombres, ir al 29 de Villa Dupont y entrar.

—¡Caray! ¿Y cómo?

—En nombre de la ley. ¿Acaso no son ustedes inspectores de la *Sûreté*? Harán un registro.

—Pero, no tenemos derecho...

—Lo tenemos.

—¿Y los criados? ¿Y si se resisten?

—Son solo cuatro.

—¿Y si gritan?

—No gritarán.

—¿Y si Altenheim regresa?

—No regresará antes de las diez, yo me encargo. Eso da dos horas y media. Es más que suficiente para registrar la casa de arriba abajo. Si está allí el viejo Steinweg, venga a decírmelo.

El barón Altenheim se acercaba, él salió a su encuentro.

—Cenaremos, ¿no es así? El pequeño incidente del jardín me abrió el apetito. A propósito de eso, mi querido barón, tengo algunos consejos que darle...

Se sentaron a la mesa. Después de la cena, Sernine propuso una partida de billar, que Altenheim aceptó. Luego, terminada la partida de billar pasaron a la sala de bacará. El crupier anunciaba en ese momento:

—La banca cuesta cincuenta luises. ¿Alguien la quiere?

—Cien luises —dijo Altenheim.

Sernine miró su reloj. Las diez. Los Doudeville no habían regresado. Por tanto, su búsqueda continuaba infructuosa.

—Banca —dijo.

Altenheim se sentó y repartió las cartas.

—Yo doy.

—No.

—Siete.

—Seis.

—Perdí —dijo Sernine—. ¿Banca doble?

—Está bien —dijo el barón.

Distribuyó las cartas.

—Ocho —dijo Sernine.

—Nueve —mostró el barón.

Sernine giró sobre sus talones, murmurando:

«Esto me cuesta trescientos luises, pero estoy tranquilo, helo aquí, clavado en su lugar».

Un instante después, su coche lo depositaba delante del 29 de Villa Dupont, y enseguida encontró a los Doudeville y a sus hombres reunidos en el vestíbulo.

—¿Encontraron al viejo?

—No.

—¡Rayos! ¡Tiene que estar en alguna parte! ¿Dónde están los criados?

—Allá, en la oficina, atados.

—Bien; prefiero que no me vean. Jean, quédate abajo y vigila. Jacques, enséñame la casa.

Rápidamente recorrió la cava y el ático. No se detenía, sabiendo bien que no descubriría en unos minutos lo que sus hombres no habían podido hallar en tres horas. Pero memorizaba fielmente la forma y secuencia de las habitaciones. Cuando acabó, regresó a una habitación que Doudeville le había indicado que era la de Altenheim y la examinó con detenimiento.

—Esto me servirá —dijo, levantando una cortina que ocultaba un gabinete negro lleno de ropa—. Desde aquí veo toda la habitación.

—¿Y si el barón registra su casa?

—¿Por qué?

—Porque sabrá que hemos venido, por sus criados.

—Sí, pero no se imaginará que uno de nosotros se ha instalado en ella. Se dirá que el intento fracasó, eso es todo. Por consiguiente, me quedo.

—Y, ¿cómo saldrá?

—¡Ah! Preguntas demasiado. Lo esencial era entrar. Vete, Doudeville, cierra las puertas. Reúnete con tu hermano y vete... Hasta mañana... o más bien...

—¿O más bien?

—No te preocupes por mí. Te lo haré saber a su debido tiempo.

Se sentó sobre una pequeña caja colocada al fondo del armario. Lo protegía una cuádruple fila de trajes alineados. Salvo en caso de que revisaran, allí estaba totalmente seguro.

Transcurrieron diez minutos. Escuchó el trote sordo de un caballo a un costado de la casa y el ruido de una campanilla. Un coche se detuvo, la puerta de abajo sonó y casi de inmediato percibió voces, exclamaciones, todo un rumor que se acentuaba a medida, probablemente, que cada cautivo era liberado de su mordaza.

«Es explicable», pensó. «La rabia del barón debe llegar al colmo... Comprende ahora la razón de mi conducta de esta noche en el círculo y que cayó redondo. Cayó en mi trampa... Eso depende, porque, en fin, Steinweg se me sigue escapando... Es lo primero de lo que se ocupará: ¿le habrán arrebatado a Steinweg? Para saberlo correrá al escondrijo. Si sube, es que el escondrijo está arriba. Si baja, es que está en el sótano».

Escuchó. El ruido de voces continuaba en las habitaciones de la planta baja, pero no parecía que se movieran. Altenheim debía interrogar a sus secuaces. No fue sino hasta después de una media hora que Sernine escuchó pasos que subían la escalera.

«¿Será arriba?», se dijo. «Pero, ¿por qué han tardado tanto?».

—Que todo el mundo se acueste —dijo la voz de Altenheim.

El barón entró en la habitación con uno de sus hombres y cerró la puerta.

—Y yo también, Dominique, me iré a la cama. Aunque discutiéramos toda la noche, no avanzaríamos nada.

—Mi opinión —dijo el otro— es que vinieron a buscar a Steinweg.

—Opino lo mismo, y eso me divierte en el fondo, pues Steinweg no está aquí.

—Pero, ¿en dónde está? ¿Qué ha hecho con él?

—Eso... ese es mi secreto, y tú sabes que mis secretos me los guardo para mí. Todo lo que puedo decirte es que es una buena prisión y que no saldrá de allí hasta haber hablado.

—Entonces, ¿el príncipe se fue con las manos vacías?

—Ya lo creo. Y, además, tuvo que pagar caro para lograr ese hermoso resultado. ¡No, de verdad, me divierto! ¡Infortunado príncipe!

—No importa —dijo el otro—. Habrá que deshacerse de él.

—Tranquilo, viejo, eso no tardará. En menos de una semana te ofreceré una cartera de honor fabricada con la piel de Lupin. Ahora déjame dormir, me caigo de sueño.

Se escuchó el ruido de una puerta cerrándose. Luego, Sernine oyó al barón correr el cerrojo, vaciar los bolsillos, dar cuerda a su reloj y desvestirse.

Estaba alegre, silbaba y canturreaba, hablando incluso en voz alta:

—Sí, con la piel de Lupin... y antes de una semana... antes de cuatro días... si no, será él quien nos devorará, ¡el bribón! No importa, le falló el tiro esta noche... Sin embargo, el cálculo fue correcto... Steinweg solo puede estar aquí... Solo que...

Se metió a la cama y apagó la luz. Sernine se había acercado a la cortina, que levantó ligeramente y vio la vaga luz de la noche que se filtraba por las ventanas, dejando la cama en una oscuridad profunda. «Decididamente, yo soy el tonto», se dijo. «Me metí hasta el cuello. En cuanto ronque me largo».

Pero un ruido ahogado lo sorprendió; un ruido cuya naturaleza no podía precisar y que venía de la cama. Era como un rechinido, apenas perceptible.

—Y bien, Steinweg, ¿en qué estamos?

¡Era el barón quien hablaba! No había duda alguna de que era él quien hablaba, pero, ¿cómo podía ser que le hablara a Steinweg, si Steinweg no estaba en la habitación?

Y Altenheim prosiguió:

—¿Siempre eres tan intratable? ¿Sí? ¡Imbécil! Será preciso, sin embargo, que te decidas a contar lo que sabes... ¿No...? Buenas noches, entonces, hasta mañana...

«Estoy soñando... estoy soñando...», se dijo Sernine. «O bien es él quien sueña en voz alta. Veamos: Steinweg no está a su lado, no está en la habitación vecina... ni siquiera está en la casa. Altenheim lo ha dicho... Entonces, ¿qué es esta historia alucinante?».

Dudó. ¿Saltaría sobre el barón, lo tomaría por la garganta y obtendría de él por la fuerza y la amenaza lo que no había podido obtener por la astucia? ¡Absurdo! Altenheim no se dejaría intimidar jamás.

«Vamos, me voy», murmuró. «Me conformaré con una noche perdida».

No se fue. Sintió que le era imposible partir, que debía esperar, que el azar aún podía servirle.

Descolgó con infinito cuidado cuatro o cinco trajes y levitas, los extendió sobre el piso, se acomodó y, con la espalda apoyada a la pared, se durmió de lo más tranquilo del mundo.

El barón no era madrugador. Cuando en alguna parte un reloj sonaba nueve campanadas, saltó de la cama y llamó a su criado.

Leyó el correo que este le trajo, se vistió sin decir una palabra y se puso a escribir cartas; mientras, el criado colgaba cuidadosamente en el armario la ropa de la víspera, y Sernine, con los puños en guardia, se decía: «¡Vamos!, ¿será necesario que le hunda el plexo solar a este individuo?».

A las diez, el barón le ordenó:

—Vete.

—Falta este chaleco...

—Vete, te digo. Volverás cuando te llame, no antes.

Él mismo cerró la puerta detrás del criado; esperó como hombre que no tiene ninguna confianza en los demás y se acercó a una mesa donde estaba un aparato telefónico. Descolgó el auricular:

—Bueno, señorita, le ruego me comunique con Garches... Bien, señorita, me llamará usted...

Permaneció junto al teléfono.

Sernine temblaba de impaciencia. ¿Se iría a comunicar el barón con su misterioso compañero de crimen?

Sonó el teléfono.

—¿Bueno? —dijo Altenheim—. ¡Ah!, es Garches... perfecto... señorita, quisiera el número 38... Sí, 38, dos veces cuatro...

Al cabo de unos segundos, con voz más baja, tan baja y tan clara como le era posible, dijo:

—¿Número 38? Soy yo, nada de palabras inútiles. ¿Ayer? Sí, tú fallaste en el jardín. Será otra vez, evidentemente... pero es urgente... hizo registrar la casa por la noche... ya te contaré... No encontró nada, por supuesto. ¿Qué? ¡Bueno! No, el viejo Steinweg se niega a hablar... amenazas, promesas, nada sirvió... ¿Hola...? Pues sí, caray, sabe que no podemos hacer nada... No conocemos el proyecto de Kesselbach ni la historia de Pierre Leduc más que en parte... Solo él tiene la clave del enigma. ¡Oh! Hablará, yo me encargo... y esta misma noche... si no... ¡Eh! Qué quieres, ¡cualquier cosa antes de dejarlo escapar! ¿Quieres que el príncipe nos lo robe? ¡Oh! A ese, en tres días habrá que pasarle la cuenta. ¿Tienes una idea? En efecto... la idea es buena. ¡Oh, oh! Excelente... Me ocuparé de eso... ¿Cuándo nos vemos? ¿El martes? Bien. Iré el martes... a las dos...

Colocó el auricular en su sitio y salió. Sernine lo escuchó dar órdenes.

—Atención esta vez, ¿eh? Nada de dejarse sorprender estúpidamente como ayer. Yo no regresaré antes de la noche.

La pesada puerta del vestíbulo se cerró y luego se oyó el chasquido de la reja del jardín y el cascabel de un caballo que se alejaba. Veinte minutos después, llegaron dos criados, abrieron las ventanas y limpiaron la habitación, charlando sobre cosas comunes.

Cuando se fueron, Sernine esperó largo rato hasta la hora presunta de su almuerzo. Entonces, cuando supuso que comían en la cocina, se deslizó fuera del armario y se puso a inspeccionar la cama y el muro al cual estaba adosada.

«Extraño», se dijo. «Verdaderamente extraño... No hay nada de particular aquí. La cama no tiene doble fondo... Debajo no hay una puerta oculta. Veamos la habitación vecina».

Despacio, pasó al lado. Era una recámara vacía, sin ningún mueble.

«Aquí no está el viejo... ¿En el espesor de la pared? Imposible, es más bien un tabique muy delgado. ¡Caray! No entiendo nada».

Pulgada a pulgada, inspeccionó el suelo, la pared y la cama, perdiendo su tiempo en intentos inútiles. Decididamente allí había un truco, muy sencillo quizá, pero que por el momento él no entendía.

«A menos que en verdad Altenheim haya delirado», se dijo. «Es la única suposición aceptable. Y para verificarla, no tengo más que un medio: quedarme. Y me quedo. Pase lo que pase».

Por temor a ser sorprendido, volvió a su escondite y no se movió; fantaseó y dormitó, atormentado, además, por un hambre violenta.

Y el día acabó y vino la oscuridad.

Altenheim no regresó sino hasta después de medianoche. Subió a su habitación, esta vez solo, se desvistió, se acostó, y enseguida, como la víspera, apagó la luz.

La misma espera ansiosa. El mismo pequeño rechinido inexplicable. Y con su misma voz burlona, Altenheim dijo:

—Y entonces, ¿cómo te va, amigo? ¿Insultos? No, no, viejo, ¡eso no es en absoluto lo que te pregunto! Vas por mal camino. Lo que necesito son buenas confidencias, bien completas, bien detalladas, concernientes a todo cuanto le revelaste a Kesselbach... La historia de Pierre Leduc... etcétera... ¿Está claro?

Sernine escuchaba con estupor. Esta vez ya no temía equivocarse, el barón se dirigía *realmente* al viejo Steinweg. ¡Qué interesante charla! Le parecía sorprender el diálogo misterioso entre un vivo y un muerto, una conversación con un ser innombrable, que respiraba en otro mundo, un ser invisible, impalpable, inexistente.

El barón continuó, irónico y cruel:

—¿Tienes hambre? Come, viejo. Solo recuerda que te he dado toda tu provisión de pan y que royéndolo a razón de algunas migas cada veinticuatro horas, tienes a lo sumo para una semana... ¡Digamos, diez días! En diez días, ¡aaah!, ya no habrá padre Steinweg. A menos que para entonces hayas aceptado hablar. ¿No? Veremos eso mañana... Duerme, viejo.

Después de una noche y una mañana sin incidentes, a la una de la tarde, el príncipe Sernine salió tranquilamente de Villa Dupont y, con la cabeza débil, las piernas sin fuerza, mientras se dirigía al restaurante más cercano, resumía la situación:

«Así que el martes próximo, Altenheim y el asesino del hotel Palace tienen cita en Garches, en una casa cuyo teléfono tiene el número 38. Será, por lo tanto, el martes que entregaré a los dos culpables y liberaré a M. Lenormand. Esa misma noche será el turno del viejo Steinweg y averiguaré, al fin, si Pierre Leduc es o no el hijo de un carnicero, y si puedo dignamente convertirlo en marido de Geneviève. ¡Así sea!».

***

El martes por la mañana, a eso de las once, Valenglay, presidente del Consejo, hizo venir al prefecto de policía y a Weber, subjefe de la *Sûreté*, y les mostró una carta firmada por el príncipe Sernine, que acababa de recibir.

> Señor presidente del Consejo:
> Sabiendo el interés que usted tiene por M. Lenormand, quiero ponerlo al corriente de los hechos que el azar me ha revelado.
> M. Lenormand está encerrado en los sótanos de la Villa de las Glicinias, en Garches, cerca de la residencia de retiro.
> Los bandidos del hotel Palace han resuelto asesinarlo hoy a las dos.
> Si la policía tiene necesidad de mi ayuda, yo estaré a la una y media en el jardín de la residencia de retiro o en casa de Mme. Kesselbach, de quien tengo el honor de ser amigo.
> Reciba, señor presidente del Consejo... etcétera.
>
> *PRÍNCIPE SERNINE*

—Esto es muy grave, mi querido señor Weber —dijo Valenglay—. Yo añadiría que debemos tener completa confianza en las afirmaciones del príncipe Paul Sernine. He cenado varias veces con él. Es un hombre serio, inteligente...

—Permítame, señor presidente —dijo el subjefe de la *Sûreté*—, comunicarle el contenido de otra carta que también recibí esta mañana.

—¿Sobre el mismo asunto?

—Sí.

—Veamos.

Tomó la carta, y leyó:

Señor:

Considérese advertido de que el príncipe Paul Sernine, que se dice amigo de Mme. Kesselbach, no es otro que Arsène Lupin.

Una sola prueba bastará: Paul Sernine es el anagrama de Arsène Lupin. Son las mismas letras. No hay ni una más ni una menos.

L. M.

Mientras Valenglay permanecía confundido, Weber agregó:

—Por esta vez, nuestro amigo Lupin encuentra un adversario de su talla. Mientras él lo denuncia, el otro nos lo entrega. Y he aquí al zorro en la trampa.

—¿Y ahora? —dijo Valenglay.

—Ahora, señor presidente, vamos a intentar que los dos se pongan de acuerdo... Y para eso llevaré conmigo doscientos hombres.

VII

La levita color verde oliva

UNO

Mediodía y un cuarto. Un restaurante cerca de la Madeleine. El príncipe almuerza.

En la mesa vecina se sientan dos jóvenes. Él los saluda y se pone a hablar con ellos como amigos con quienes se hubiera encontrado por casualidad.

—Eres de la expedición, ¿eh?

—Sí.

—¿Cuántos hombres en total?

—Seis, parece. Cada uno va por su lado. Cita a la una cuarenta y cinco con Weber cerca de la residencia de retiro.

—Bien, allí estaré.

—¿Cómo?

—¿No soy yo quien dirige la expedición? ¿Y no es preciso que sea yo quien encuentre a M. Lenormand, puesto que lo anuncié públicamente?

—¿Usted cree entonces, patrón, que M. Lenormand no está muerto?

—Estoy seguro. Sí, desde ayer tengo la certeza de que Altenheim y su banda llevaron a M. Lenormand y a Gourel al puente de Bougival y los arrojaron por la borda. Gourel se hundió, pero M. Lenormand salió. Presentaré todas las pruebas necesarias cuando llegue el momento.

—Pero, entonces, si está vivo, ¿por qué no se ha presentado?

—Porque no está libre.

—¿Será, pues, verdad lo que usted dijo? ¿Se encuentra en los sótanos de la Villa de las Glicinias?

—Tengo razones para creerlo.

—Pero ¿cómo lo sabe? ¿Qué indicios...?

—Ese es mi secreto. Lo que puedo anunciar es que la sorpresa será... ¿cómo diría yo...?, sensacional. ¿Todo listo?

—Sí.

—Mi coche está detrás de la Madeleine. Vamos.

En Garches, Sernine despidió al cochero y caminaron juntos hasta el sendero que conducía a la escuela de Geneviève. Allí se detuvo, y llamó a uno de ellos.

—Escucha bien, muchacho, he aquí algo de la mayor importancia: tocarás el timbre en la residencia de retiro. Como inspector, tienes entrada, ¿no es así? Irás al pabellón Hortensia, el que está desocupado. Allí, bajarás a los sótanos y encontrarás un viejo postigo que basta levantar para dejar al descubierto el orificio de un túnel que descubrí en estos días y que comunica directamente con la Villa de las Glicinias. Es por allí por donde Gertrude y el barón Altenheim se encontraban; y fue por allí por donde M. Lenormand pasó para, a fin de cuentas, caer en las manos de sus enemigos.

—¿Cree usted, patrón?

—Sí, lo creo. Y ahora, he aquí de lo que se trata. Asegúrate de que el túnel se encuentre exactamente en el mismo estado en que lo dejé anoche; que las dos puertas que lo cierran estén abiertas y que sigue allí, en un agujero situado cerca de la segunda puerta, un paquete envuelto en tela negra, que yo mismo deposité.

—¿Hay que abrir el paquete?

—No es necesario, es ropa de recambio. Ve y que nadie se fije en ti. Yo te espero. Lleva a tu hermano.

Diez minutos más tarde, estaban de regreso.

—Las dos puertas están abiertas —dijo Doudeville.

—¿Y el paquete de tela negra?

—En su sitio cerca de la segunda puerta.

—¡Perfecto! Es la una y veinticinco. Weber va a desembarcar con su gente. Vigilan la villa. Está cercada desde que Altenheim entró. Yo, de acuerdo con Weber, tocaré el timbre, me dejarán entrar y me quedaré en posición. Allí tengo un plan. Vamos, supongo que no nos aburriremos.

Y Sernine, habiéndolos despedido, se alejó por el sendero de la escuela pensando:

«Todo va de lo mejor. La batalla va a librarse sobre el terreno escogido por mí. Mi triunfo es inevitable y me desharé de mis dos adversarios y me encontraré solo involucrado en el asunto Kesselbach... solo y con dos buenos activos, Pierre Leduc y Steinweg... Y, además, el rey... es decir, un servidor. Solamente hay un asunto... ¿Qué puede hacer Altenheim? Evidentemente, él tiene también su plan de ataque. ¿Por dónde me atacará? Y, ¿cómo asegurar que no me ha atacado aún? Es inquietante. ¿Me habrá denunciado a la policía?».

Atravesó el pequeño patio de la escuela, las alumnas estaban aún en clase y tocó a la puerta de entrada.

—¡Vamos! ¡Tú ya aquí! —dijo Mme. Ernemont, abriendo—. ¿Dejaste a Geneviève en París?

—Para eso hubiera sido necesario que Geneviève fuera a París —respondió él.

—Pero ella fue, tú la mandaste llamar.

—¿Qué dices? —exclamó él, agarrándola de un brazo.

—¿Cómo? Pero ¡tú lo sabes mejor que yo!

—No sé nada... no sé nada... ¡Habla!

—¿No le escribiste a Geneviève que te encontrara en la estación de Saint-Lazare?

—¿Y ella fue?

—Pues claro... debías almorzar con ella en el hotel Ritz.

—La carta... ¡enséñame la carta!

Ella subió a buscarla y se la dio.

—Pero, torpe, ¿no viste que era falsa? La escritura está bien imitada, pero es falsa... Eso salta a la vista.

Se puso los puños contra las sienes con rabia:

—¡Ahí está el golpe que esperaba! ¡Ah, el miserable! Es por medio de ella que me ataca... Pero, ¿cómo lo sabe él? ¡Eh! No, no lo sabe... Ya son dos veces que lo intenta, y es por Geneviève, pues está enamorado de ella... ¡Oh!, eso no, jamás... Escucha, Victorie: ¿estás segura de que ella no lo ama? ¡Ah!, ¡pierdo la cabeza! Vamos... vamos, tengo que pensar, este no es el momento...

Consultó su reloj.

—Una treinta y cinco, tengo tiempo... ¡Imbécil! ¿Tiempo para hacer qué? ¿Acaso sé dónde está ella?

Iba y venía como un loco, y su vieja nodriza parecía estupefacta de verlo tan agitado, tan poco dueño de sí.

—Después de todo —dijo ella—, nada prueba que ella no se haya olido la trampa en el último momento.

—¿Dónde estaría?

—Lo ignoro, quizá donde Mme. Kesselbach.

—Es verdad, es verdad, tienes razón —exclamó él, lleno de súbita esperanza, y partió corriendo hacia la residencia de retiro.

En el camino, ya cerca de la puerta, encontró a los hermanos Doudeville; entraban a la portería que tenía vista a la calle, lo que les permitiría vigilar las inmediaciones de las Glicinias. Sin detenerse, siguió directo al pabellón de la Emperatriz, llamó a Suzanne y se hizo llevar con Mme. Kesselbach.

—¿Geneviève? —preguntó él.

—¿Geneviève?

—Sí. ¿No ha venido?

—No, desde hace varios días.

—Pero ella debe venir, ¿no es así?

—¿Cree usted?

—Estoy seguro. ¿Dónde cree que esté? ¿Recuerda usted?

—Revisaré. Le aseguro que Geneviève y yo no acordamos vernos.

Y súbitamente espantada:

—Pero, ¿usted está preocupado? ¿Le ha ocurrido algo a Geneviève?

—No, nada.

Salió. Tuvo una idea. ¿Y si el barón Altenheim no estaba en la Villa de las Glicinias? ¿Si la hora de la cita había cambiado?

«Es preciso que lo vea», se dijo. «Es preciso, a toda costa».

Y corrió, con aire desordenado, indiferente a todo. Pero, frente a la portería recobró instantáneamente su sangre fría: había visto al subjefe de la *Sûreté*, que hablaba en el jardín con los hermanos Doudeville.

Si hubiera tenido su clarividencia habitual, habría notado el ligero temblor que agitaba a M. Weber cuando se le acercó, pero no vio nada.

—Señor Weber, ¿no es así? —dijo él.

—Sí... ¿Con quién tengo el honor...?

—Príncipe Sernine.

—¡Ah! Muy bien. El prefecto de policía me ha advertido del considerable servicio que usted nos presta, señor.

—Ese servicio no estará completo hasta que haya entregado a los bandidos.

—Eso no tardará. Creo que uno de esos bandidos acaba de entrar... un hombre bastante fuerte, con un monóculo.

—En efecto, es el barón Altenheim. ¿Sus hombres ya están aquí, señor Weber?

—Sí, ocultos en la calle, a doscientos metros de distancia.

—Pues bien, señor Weber, creo que podría reunirlos y conducirlos delante de esta portería. De aquí iremos hasta la casa. Yo llamaré; como el barón Altenheim me conoce, supongo que me abrirán y yo entraré… con usted.

—El plan es excelente —dijo M. Weber—. Vuelvo enseguida.

Salió del jardín y se fue por la calle, por el lado opuesto de la Villa de las Glicinias.

Rápidamente, Sernine tomó del brazo a uno de los hermanos Doudeville.

—Corre tras él, Jacques… distráelo el tiempo necesario para que yo entre en las Glicinias… Y luego retrasa el asalto… lo más posible… inventa pretextos… Necesito diez minutos… Que rodeen la casa… pero que no entren. Y tú, Jean, ve a apostarte en el pabellón Hortensia, a la salida del subterráneo. Si el barón quiere salir por allí, rómpele la cabeza.

Los Doudeville se alejaron. El príncipe se deslizó al exterior y corrió hasta una reja alta de hierro, la entrada de la Villa de las Glicinias. ¿Llamaría?

A su alrededor no había nadie. De un salto se lanzó hacia la reja, colocando un pie sobre el reborde de la cerradura y agarrado a los barrotes, apoyándose en las rodillas, levantándose con la fuerza de las muñecas y, a riesgo de caer sobre las puntas agudas de los barrotes, consiguió franquear la reja y saltar.

Había un patio empedrado que atravesó rápidamente y subió las escaleras de un peristilo de columnas sobre el cual daban las ventanas, todas cubiertas hasta los montantes de contraventanas con sólidos postigos.

Mientras pensaba en cómo introducirse en la casa, la puerta se entreabrió con un ruido de hierros que le recordó la puerta de la Villa Dupont, y apareció Altenheim.

—Dígame, príncipe: ¿es así como entra en las propiedades de particulares? Me veré obligado a recurrir a los gendarmes, querido.

Sernine lo agarró por la garganta y lo derribó sobre una banca:

—Geneviève... ¿Dónde está Geneviève? ¡Si no me dices lo que has hecho con ella, miserable!

—Te ruego notar que me cortas la palabra —tartamudeó el barón.

Sernine lo soltó:

—Al grano. ¡Y rápido! Responde... ¿Geneviève?

—Hay algo —replicó el barón— que es mucho más urgente, sobre todo cuando se trata de hombres de nuestra especie, y es sentirse en casa...

Y cuidadosamente cerró la puerta que reforzó con cerrojos. Luego condujo a Sernine al salón vecino, un salón sin muebles ni cortinas, y le dijo:

—Ahora, soy tuyo. ¿En qué te puedo servir, príncipe?

—¿Geneviève?

—Se encuentra de maravilla.

—¡Ah!, ¿confiesas?

—¡Caramba! Te diré incluso que tu imprudencia a ese respecto me asombra. ¿Cómo no tomaste algunas precauciones? Era inevitable...

—¡Basta! ¿Dónde está?

—No eres amable.

—¿Dónde está?

—Entre cuatro muros, libre...

—¿Libre?

—Sí, libre para ir de un muro al otro.

—Villa Dupont, sin duda. ¿En la prisión que diseñaste para Steinweg?

—¡Ah! Lo sabes... No, no está allí.

—¿Entonces dónde? Habla, si no...

—Veamos, príncipe. ¿Crees que sería tan tonto de entregarte el secreto por el cual te tengo? Tú amas a la pequeña...

—¡Cállate! —gritó Sernine fuera de sí—. Te prohíbo...

—¡Y qué! ¿Acaso es una deshonra? Yo también la amo mucho, y he arriesgado bastante...

No acabó, intimidado por la cólera temible de Sernine, cólera contenida, silenciosa, que le desfiguraba las facciones.

Se miraron largo rato, cada uno en busca del punto débil del adversario. Finalmente, Sernine avanzó. Con la voz clara de un hombre que amenaza más que proponer un pacto:

—Escúchame. ¿Recuerdas la oferta de asociación que me hiciste? El asunto Kesselbach para los dos... que caminaríamos juntos... dividiríamos los beneficios... Yo la rechacé. Hoy la acepto.

—Demasiado tarde.

—Espera. Acepto algo mejor que eso: abandono el asunto... no me mezclo en nada más... lo tendrás todo. Y si lo necesitas, te ayudaré.

—¿La condición?

—Dime dónde está Geneviève.

El otro se encogió de hombros.

—Divagas, Lupin. Me da pena... a tu edad...

Una nueva pausa entre los dos enemigos, terrible.

El barón dijo en tono de burla:

—De todos modos, es un sagrado placer verte lloriquear así y pedir limosna. Digo, pues, tengo la idea de que el simple soldado está en proceso de darle una lección a su general.

—Imbécil —murmuró Sernine.

—Príncipe, te enviaré mis testigos esta noche... si estás todavía en este mundo.

—¡Imbécil! —repitió Sernine con infinito desprecio.

—¿Quieres mejor acabar de una vez? Como gustes, príncipe, tu última hora ha llegado. Puedes encomendar tu alma a Dios. ¿Sonríes? Es un error. Tengo sobre ti una ventaja inmensa: yo mato... si es necesario...

—¡Imbécil! —repitió una vez más Sernine.

Sacó su reloj.

—Las dos, barón. No te quedan más que unos minutos. A las dos y cinco... las dos y diez a más tardar, Weber y media docena de hombres corpulentos y sin escrúpulos forzarán su entrada en tu guarida y te echarán la mano al cuello... No sonrías tú tampoco. La salida con la que cuentas está descubierta, yo la conozco, y está resguardada. Estás atrapado. Significa el patíbulo, mi viejo.

Altenheim estaba lívido. Balbució:

—¿Tú has hecho eso? ¿Has cometido la infamia?

—La casa está rodeada. El asalto es inminente. Habla y te salvo.

—¿Cómo?

—Los hombres que resguardan la salida del pabellón son míos. Te doy una palabra para ellos y estás salvado. Habla.

Altenheim reflexionó unos segundos, pareció dudar, pero, de pronto, declaró resuelto:

—Es una broma. No habrás sido tan ingenuo para arrojarte tú mismo en la boca del lobo.

—Olvidas a Geneviève. Sin ella, ¿crees que estaría aquí? Habla.

—No.

—Bueno. Esperemos —dijo Sernine—. ¿Un cigarro?

—Con gusto.

II

—¿Oyes? —dijo Sernine, después de unos segundos.

—Sí... sí... —dijo Altenheim, levantándose.

Unos golpes sonaban en la reja. Sernine afirmó:

—Ni siquiera las advertencias habituales... ningún preliminar... ¿Sigues decidido?

—Más que nunca.

—¿Sabes que con los medios con los que cuentan no queda mucho tiempo?

—Aun si estuvieran en esta habitación, yo te rechazaría.

La reja cedió. Se oyó el rechinar de las bisagras.

—Dejarse atrapar —insistió Sernine—, lo admito; pero, extender uno mismo las manos a las esposas es muy idiota. Vamos, no seas tonto. Habla y huye.

—¿Y tú?

—Yo me quedo. ¿Qué tengo que temer?

—Mira.

El barón señalaba una rendija de la contraventana. Sernine miró por ahí y retrocedió con sobresalto.

—¡Ah, bandido! Tú también me has denunciado. No son diez hombres, son cincuenta, cien, doscientos hombres los que trae Weber...

El barón reía francamente.

—Y si hay tantos, es que se trata de Lupin, evidentemente. Media docena bastaban para mí.

—¿Avisaste a la policía?

—Sí.

—¿Qué prueba les diste?

—Tu nombre... Paul Sernine, es decir, Arsène Lupin.

—¿Y descubriste eso tú solo...? ¿Algo en lo que nadie había pensado nunca? ¡Vamos! Fue el otro, confiésalo.

Miraba por la rendija de la contraventana. Una multitud de agentes se distribuía por la residencia, y entonces sonaron golpes en la puerta.

Entretanto era preciso pensar en la retirada o bien en la ejecución del proyecto que había imaginado. Pero alejarse, aunque fuese un instante, era dejar a Altenheim, ¿y quién podía asegurar que el barón no tenía a disposición otra salida para huir? Esta idea trastornó a Sernine. ¡El barón libre! ¡El barón amo de volver junto a Geneviève y de torturarla, de someterla a su odioso amor!

Atrapado por sus propios objetivos, obligado a improvisar un nuevo plan, incluso un segundo, y subordinando todo al peligro que corría Geneviève, Sernine pasó por un momento de indecisión atroz. Con la mirada fija en los ojos del barón, hubiera querido arrancarle su secreto y partir, y ya ni siquiera intentaba convencerlo, tan inútiles parecían las palabras. Mientras seguía en sus reflexiones, se preguntaba cuáles podían ser las del barón, cuáles serían sus armas, sus esperanzas de salvación.

La puerta del vestíbulo, aunque con fuertes cerrojos y blindada de hierro, comenzaba a ceder. Los dos hombres estaban frente a esa puerta, inmóviles. El ruido de las voces y el sentido de las palabras los alcanzaban.

—Pareces muy seguro de ti —dijo Sernine.

—¡Caray! —exclamó el otro, haciéndolo caer con una zancadilla y emprendiendo la fuga.

Sernine se levantó enseguida, cruzó una pequeña puerta bajo la escalera grande por la que Altenheim había desaparecido y, bajando a toda prisa los peldaños de piedra, llegó al sótano...

Un pasillo... una sala vasta y de techo bajo, casi a oscuras... Arrodillado, el barón levantaba el batiente de una trampilla.

—¡Idiota! —gritó Sernine, abalanzándose sobre él—. Sabes bien que encontraremos a mis hombres al final del túnel, y tienen la orden de matarte como a un perro... A menos que... a menos que tengas una salida que se disimula sobre aquella... ¡Ah! ¡Caray! Adiviné y tú imaginas...

La lucha era encarnizada. Altenheim, verdadero coloso dotado de una musculatura excepcional, había tomado por la cintura a su adversario, paralizándole los brazos y tratando de asfixiarlo.

—Evidentemente... evidentemente... —articulaba este con dificultad—. Evidentemente, está bien planeado... Mientras no pueda servirme de las manos para romperte algo, tendrás la ventaja... Pero, ¿podrás?

Se estremeció. La trampilla, que se había vuelto a cerrar y sobre cuyo batiente apoyaban todo su peso, parecía moverse bajo ellos. Sentía los esfuerzos que se hacían para levantarla, y el barón debía sentirlos también, pues trataba desesperadamente de desplazar el terreno de combate para que pudieran abrirla.

«Es el *otro*», pensó. «Sernine con una especie de espanto irracional que le causaba aquel ser misterioso. Es el otro... Si entra, estoy perdido».

Mediante gestos imperceptibles, Altenheim había conseguido desplazarse y trataba de arrastrar a su adversario, pero este enganchó sus piernas a las piernas del barón, al tiempo que, poco a poco, se las ingeniaba para soltar una de sus manos.

Por encima se escuchaban fuertes golpes, como golpes de ariete.

«Tengo cinco minutos», pensó Sernine. «En un minuto es preciso que este hombre...».

Y a toda voz:

—Cuidado, hijo mío. Agárrate bien.

Juntó las rodillas con una energía increíble. El barón aulló, le había torcido uno de los muslos. Aprovechando el sufrimiento de su adversario, Sernine hizo un esfuerzo, soltó la mano derecha y lo tomó por la garganta.

—¡Perfecto! Así estamos mucho más tranquilos... No, no hace falta que busques tu cuchillo... si no, te estrangularé como a un pollo. Ya ves, guardo los modales... No aprieto demasiado... justo lo necesario para que ni siquiera tengas ganas de moverte.

Y mientras hablaba, sacó del bolsillo una cuerda muy fina y, con una sola mano y una habilidad extrema, le ató las muñecas. Al borde de la asfixia, además, el barón no oponía ninguna resistencia. Con gestos precisos, Sernine lo amarró con fuerza.

—¡Qué sabio! ¡Qué bueno! Ya no te reconozco. Mira, en caso de que quisieras escaparte, aquí hay un rollo de alambre de hierro que completará mi trabajito... Primero, las muñecas... Ahora, los tobillos... Ya está... ¡Dios! ¡Qué gentil eres!

El barón se había repuesto poco a poco. Tartamudeó:

—Si no me liberas, Geneviève morirá.

—¿De veras? ¿Cómo? Explícate.

—Está encerrada. Nadie sabe dónde. Si muero, ella morirá de hambre... como Steinweg.

Sernine se estremeció. Agregó:

—Sí, pero tú hablarás.

—Jamás.

—Sí, tú hablarás. No ahora, es demasiado tarde, pero sí esta noche.

Se inclinó sobre él y en voz muy baja, al oído, le dijo:

—Escucha, Altenheim, y entiéndeme bien: pronto te apresarán. Esta noche dormirás en la prisión central. Esto es inevitable, irrevocable. Yo mismo no puedo ya cambiarlo. Y mañana te llevarán a la Santé, y más tarde ¿sabes adónde? Pues bien, te doy aún una oportunidad de salvación. Esta noche, ¿entiendes?, esta noche entraré en tu celda, en la prisión central, y me dirás dónde está Geneviève. Dos horas después, si no has mentido, estarás libre. Si sí... es que no aprecias mucho tu cabeza.

El otro no respondió. Sernine se incorporó y escuchó.

Arriba hubo un gran estrépito. La puerta de entrada cedía. Unos pasos sonaron en las baldosas del vestíbulo y el piso del salón. Weber y sus hombres buscaban.

—Adiós, barón, reflexiona hasta esta noche. La celda es buena consejera.

Empujó a su prisionero para liberar la escotilla y la levantó. Como se esperaba, ya no había nadie en los peldaños de la escalera. Descendió, teniendo cuidado de dejar la trampilla abierta tras de él, como si hubiera tenido la intención de regresar.

Había veinte peldaños y luego, abajo, comenzaba el pasillo que M. Lenormand y Gourel habían recorrido en sentido inverso.

Echó a andar y lanzó un grito. Le había parecido sentir la presencia de alguien. Encendió su linterna de bolsillo. El pasillo estaba vacío. Amartilló el revólver y dijo en voz alta:

—Tanto peor para ti... Dispararé...

Ninguna respuesta. Ningún ruido.

«Fue una ilusión, sin duda», pensó. «Ese ser me obsesiona. Vamos. Si quiero llegar a la puerta necesito apresurarme... El agujero en el cual puse el paquete de ropa no está lejos. Tomo el paquete y la jugada está hecha... ¡Y qué truco! Una de los mejores de Lupin...».

Encontró una puerta abierta y de inmediato se detuvo. A la derecha había una excavación, la que M. Lenormand había hecho para escapar al agua que subía. Se agachó y proyectó la linterna sobre la abertura.

—¡Oh! —dijo estremeciéndose—. No, no es posible... Doudeville habrá empujado el paquete más lejos.

Buscó bien, escrutando las tinieblas. El paquete ya no estaba allí; no dudó que había sido el ser misterioso quien lo había robado.

«¡Lástima! ¡La cosa estaba tan bien preparada! La aventura retomaba su curso natural y yo llegaba al objetivo con mayor seguridad... Ahora se trata de escapar lo más rápido... Doudeville está en el pabellón... Mi salida está asegurada... Nada de bromas... debo apurarme y poner las cosas en orden, si es posible... Y después, me ocuparé de *él*... ¡Ah! Que se cuide de mis garras *ese*...».

Pero una exclamación de estupor se le escapó. Llegaba a la otra puerta, la última antes del pabellón, estaba cerrada.

Se arrojó contra ella. Pero ¿para qué? ¿Qué podía hacer?

—Esta vez —murmuró— estoy totalmente perdido.

Y tomado por una suerte de fatiga, se sentó. Estaba consciente de su debilidad frente al ser misterioso. Altenheim no contaba para nada; pero el otro, aquel personaje de tinieblas y de silencio, el otro lo dominaba, trastornaba todos sus planes y le agotaba con sus ataques astutos e infernales.

Estaba vencido.

Weber lo encontraría allí, como una bestia arrinconada en el fondo de su caverna.

III

—¡Ah! ¡No, no! —dijo él, irguiéndose de golpe—. Si solo se trataba de mí, quizá... pero está Geneviève... Geneviève, a quien hay que salvar esta noche... Después de todo, nada se ha perdido... Si el *otro* se ha eclipsado hace un rato, es que existe una segunda salida en estos parajes. Vamos, vamos. Weber y su banda todavía no me tienen.

Exploraba ya el túnel y, linterna en mano, estudiaba los ladrillos que formaban las paredes, cuando llegó hasta él un grito, un grito horrible, abominable, que lo hizo estremecerse de angustia. Provenía del lado de la trampa.

Y de pronto recordó que había dejado esa trampilla abierta cuando tuvo la intención de volver a subir a la Villa de las Glicinias.

Se apresuró a regresar y atravesó la primera puerta. En el camino, cuando su linterna se apagó, sintió algo, más bien a alguien, que le rozaba las rodillas, alguien que se arrastraba a lo largo de la pared. Y de inmediato tuvo la impresión de que aquel ser desaparecía, se desvanecía, y él no sabía por dónde. En ese instante tropezó con un peldaño.

«Es la salida», pensó, «la segunda salida por donde él pasó».

Arriba, el grito se oyó de nuevo, menos fuerte, seguido de gemidos, de estertores...

Subió la escalera corriendo, emergió en la sala baja y se precipitó sobre el barón. Altenheim agonizaba, la garganta ensangrentada. Sus ligaduras estaban cortadas, pero los alambres que sujetaban sus puños y sus tobillos estaban intactos. *Al no poder liberarlo, su cómplice lo había degollado.*

Sernine contemplaba aquel espectáculo con espanto. Un sudor le helaba. Pensaba en Geneviève, prisionera, sin auxilio, pues solo el barón conocía su guarida.

Claramente escuchó que los agentes abrían la pequeña puerta falsa del vestíbulo, oyó que bajaban la escalera de servicio.

Ya no le separaba de ellos más que una puerta, la de la sala baja donde se encontraba. Le echó el cerrojo al momento mismo en que los agresores empuñaban la manija. La trampilla estaba abierta a su lado... Era su posible salvación, pues tenía aún la segunda salida.

«No», se dijo. «Primero, Geneviève. Después, si tengo tiempo, pensaré en mí...».

Arrodillándose, puso la mano sobre el pecho del barón. El corazón aún palpitaba. Se inclinó más.

—Me oyes, ¿no es así?

Los párpados se movieron débilmente.

Había un soplo de vida en el moribundo. ¿Podría obtenerse algo de aquella apariencia de existencia?

La puerta, última trinchera, fue atacada por los agentes. Sernine murmuró:

—Te salvaré... Tengo remedios infalibles... Solo una palabra... ¿Geneviève?

Se hubiera dicho que esa palabra de esperanza le daba fuerzas. Altenheim trató de articular.

—Responde —exigía Sernine—. Responde y te salvo... Es la vida hoy... la libertad mañana... ¡Responde!

La puerta se sacudía bajo los golpes.

El barón pronunció sílabas inaudibles.. Inclinado sobre él, turbado, con toda su energía y su voluntad, Sernine jadeaba de angustia. Los agentes, su captura inevitable, la cárcel... ni siquiera pensaba en eso, pero, Geneviève... Geneviève, que moría de hambre ¡y una palabra de aquel miserable podía salvarla!

—Responde... es preciso...

Ordenaba, suplicaba. Altenheim tartamudeó, como hipnotizado, vencido por aquella autoridad indomable:

—Ri... Rívoli...

—Calle de Rívoli ¿no es eso? La encerraste en una casa de esa calle... ¿Qué número?

Un estruendo... gritos de triunfo... la puerta había sido abatida.

—¡Sobre ellos! —gritó Weber—. ¡Aprésenlos! ¡ Aprésenlos a los dos!

De rodillas, Sernine continuó:

—El número... responde... Si la amas, responde. ¿Por qué callarte ahora?

—Veinti... Veintisiete —suspiró el barón.

Una manos tocaban a Sernine. Diez revólveres le apuntaban.

Se enfrentó a los agentes que retrocedieron con temor instintivo.

—Si te mueves, Lupin —gritó Weber empuñando su arma—, disparo.

—No dispare —dijo Sernine con gravedad—. Es inútil, me rindo.

—¡Cuentos! Es un truco más de los tuyos...

—No —dijo Sernine—. La batalla está perdida. No tienes derecho a disparar, no me defenderé.

Sacó dos revólveres que arrojó al suelo.

—¡Cuentos! —repitió Weber implacable—. ¡Directo al corazón, muchachos! Al menor movimiento, abran fuego. A la menor palabra, disparen.

Contaba con quince hombres; a los que ordenó apuntar al blanco. Y rabioso, temblando de alegría y de temor, gritaba:

—¡Al corazón! ¡A la cabeza! ¡Sin piedad! Si se mueve, si habla... fuego a quemarropa.

Con las manos en los bolsillos, impasible, Sernine sonreía. A dos pulgadas de sus sienes la muerte lo acechaba. Los dedos crispaban sobre los gatillos.

—¡Ah! —dijo Weber en tono de burla—. Da placer ver esto... Y me imagino que esta vez dimos en el clavo y de una manera inconveniente para ti, Lupin.

Hizo abrir las contraventanas de un ancho respiradero; por el que claridad del día penetró bruscamente y se volteó hacia Altenheim. Pero, para su gran estupefacción, el barón, a quien creía muerto, abrió los ojos, dos ojos apagados, espantosos, vacíos. Miró a Weber. Luego pareció buscar, y viendo a Sernine tuvo una convulsión de cólera. Se hubiera dicho que despertaba de su letargo, y que su odio, reanimado súbitamente, le proporcionaba una parte de sus fuerzas. Se apoyó sobre los puños e intentó hablar.

—Lo reconoces, ¿eh? —dijo M. Weber.

—Sí.

—Es Lupin, ¿no es así?

—Sí... Lupin...

Sernine, siempre sonriente, escuchaba.

—Dios, cuánto me divierto —declaró.

—¿Tienes más cosas que decir? —preguntó Weber, viendo los labios del barón agitarse desesperadamente.

—Sí.

—¿A propósito de M. Lenormand, quizá?

—Sí.

—¿Lo tienes encerrado? ¿Dónde? Responde...

Con todas sus fuerzas, con toda su mirada, Altenheim señaló un armario en un rincón de la sala.

—Allí... allí —dijo.

—¡Ah, cada vez estamos más cerca! —se burló Lupin.

Weber abrió la puerta. Sobre una de las estanterías había un paquete envuelto en tela negra. Lo desdobló y encontró un sombrero, una pequeña caja, ropa...

Se estremeció. Había reconocido la levita de M. Lenormand.

—¡Ah, miserables! —gritó—. ¡Lo han asesinado!

—No —dijo Altenheim con una seña.

—¿Entonces?

—Es él... él...

—¿Cómo él...? ¿Fue Lupin quien mató al jefe?

—No.

Con una obstinación feroz Altenheim se aferraba a la existencia, ávido de hablar y de acusar. El secreto que quería revelar lo tenía en la punta de sus labios, pero no podía, no sabía ya traducirlo a palabras.

—Veamos —insistió el subjefe—. ¿M. Lenormand está muerto?

—No.

—¿Vive?

—No.

—No comprendo... Veamos... ¿esa ropa? ¿Esa levita?

Altenheim volvió los ojos hacia Sernine. Una idea iluminó a Weber.

—¡Ah!, ¡ya entiendo! Lupin robó la ropa de M. Lenormand y pretendía usarla para escapar.

—Sí... Sí...

—Nada mal —exclamó el subjefe—. Es un golpe de su estilo. En esta habitación hubiéramos encontrado a Lupin disfrazado de Lenormand, encadenado sin duda. Era su salvación... Solo que no tuvo tiempo. Es así, ¿verdad?

—Sí... Sí...

Pero en la mirada del agonizante, Weber sintió que había algo más y que ese no era el secreto. ¿Cuál era, entonces? ¿Cuál era el extraño e indescifrable enigma que el moribundo quería revelar antes de morir?

Le interrogó:

—Y M. Lenormand, ¿dónde está?

—Aquí.

—¿Cómo aquí?

—Sí.

—¡Pero solo estamos nosotros en esta habitación!

—Hay... Hay...

—¡Pero habla, por Dios!

—Hay... Ser... Sernine...

—Sernine... Sí... ¿Qué?

—Sernine... Lenormand...

Weber dio un salto. De pronto, todo fue claro.

—No, no, eso no es posible —murmuró—. Es una locura.

Observó a su prisionero. Sernine parecía estar disfrutando mucho y observaba la escena como un aficionado que se divierte y que quisiera conocer el desenlace. Agotado, Altenheim había caído de nuevo a lo largo. ¿Moriría antes de haber dado la clave del enigma que planteaban sus oscuras palabras?

Weber, sacudido por una hipótesis absurda e inverosímil que se negaba a creer, pero que persistía, se lanzó de nuevo:

—Explícate... ¿Qué hay detrás de todo esto...? ¿Cuál es el misterio?

El otro no parecía escuchar, inerte, con la mirada fija.

Weber se tendió en el suelo junto a él, y dijo claramente, de modo que cada sílaba penetrara en el fondo mismo de aquella alma ya sombría:

—Escucha... He comprendido bien, ¿no es eso? Lupin y M. Lenormand...

Necesitó hacer un esfuerzo para continuar, tan monstruosa le parecía la frase. Sin embargo, los ojos apagados del barón parecían contemplarlo con angustia. Acabó, palpitante de emoción, como si pronunciara una blasfemia:

—Es eso, ¿no es así? ¿Estás seguro? ¿Los dos no son más que uno mismo?

Los ojos no se movían. Un hilo de sangre asomaba en la comisura de la boca... Dos o tres hipos... Una convulsión definitiva... Y fue todo.

En la sala baja, repleta de gente, hubo un largo silencio. Casi todos los agentes que resguardaban a Sernine se habían volteado y, estupefactos, sin comprender o negándose a comprender, *escuchaban* aún la increíble acusación que el bandido no había podido formular.

Weber tomó la caja que encontraron en el paquete de tela negra y la abrió. Contenía una peluca gris, unos lentes con armazón de plata, una bufanda marrón y, en un doble fondo, recipientes de maquillaje y una cajita con bucles menudos de pelo gris..., en suma, todo para recrear la cabeza exacta de M. Lenormand.

Se acercó a Sernine y lo contempló unos instantes sin decir nada, pensativo, reconstruyendo todas las fases de la aventura; después murmuró:

—Entonces, ¿es verdad?

Sernine, que no se había desprendido de su sonriente calma, replicó:

—La hipótesis no carece de elegancia ni de audacia. Pero, antes que nada, dile a tus hombres que me dejen en paz con sus juguetes.

—Bien —aceptó Weber, haciendo una señal a sus hombres—. Y ahora responde.

—¿A qué?

—¿Eres tú M. Lenormand?

—Sí.

Surgieron exclamaciones. Jean Doudeville, que estaba allí mientras su hermano vigilaba la salida secreta, Jean Doudeville, cómplice de Sernine, lo miraba con asombro. Weber, agitado, se mantenía indeciso.

—Eso te desconcierta, ¿eh? —dijo Sernine—. Confieso que es bastante divertido... Dios, lo que me has hecho reír a veces cuando trabajábamos juntos, tú y yo, el jefe y el subjefe... Y lo más gracioso es que lo creías muerto, al valiente M. Lenormand... como a ese pobre de Gourel. Pero no, no, viejo, el buen hombre vive todavía.

Mostró el cadáver de Altenheim.

—Mira, ese bandido es el que me tiró al agua, en un costal, con un adoquín en la cintura... Solo que olvidó quitarme la navaja... Y con una navaja se abren los costales y se cortan las cuerdas. Eso fue lo que ocurrió, desgraciado Altenheim... Si hubieras pensado en eso, no estarías donde estás... Pero suficiente... ¡Descansa en paz!

M. Weber escuchaba, sin saber qué pensar. Finalmente, hizo un gesto de desesperación, como si renunciara a formarse una opinión razonable.

—Las esposas —dijo súbitamente alarmado.

—¿Eso es todo lo que se te ocurre? —dijo Sernine—. Te falta imaginación... En fin, si eso te divierte... —terminó Sernine.

Y viendo a Doudeville en la primera fila de sus agresores, le tendió las manos.

—Anda, amigo, para ti el honor, y no hace falta que te molestes... Yo juego limpio... porque no hay medio de hacerlo de otro modo.

Dijo eso en un tono que hizo comprender a Doudeville que la lucha había acabado por el momento y que no quedaba más que someterse.

Doudeville le puso las esposas. Sin mover los labios, sin una contracción del rostro. Sernine susurró:

—27, calle Rívoli... Geneviève.

Weber no pudo reprimir un movimiento de satisfacción a la vista de tal espectáculo.

—¡En marcha! —dijo—. A la *Sûreté*.

—¡Eso es, a la *Sûreté*! —exclamó Sernine—. M. Lenormand va a encerrar a Arsène Lupin, quien a la vez va a encerrar al príncipe Sernine.

—Tienes demasiado humor, Lupin.

—Es verdad, Weber, no podemos entendernos.

Durante el trayecto, en el automóvil escoltado por otros tres vehículos cargados de agentes, no dijo una sola palabra.

No hicieron más que dirigirse a la *Sûreté*.

Weber, recordando las fugas organizadas por Lupin, lo hizo subir inmediatamente al departamento de antropometría, y luego lo llevó a la prisión central, desde donde fue dirigido a la prisión de la Santé.

Avisado por teléfono, el director esperaba. Las formalidades del encarcelamiento y el paso por la sala de registro fueron rápidos.

A las siete de la noche, el príncipe Paul Sernine traspasaba el umbral de la puerta de la celda 14, segunda sección.

—Nada mal su apartamento, nada mal —declaró—. Luz eléctrica, calefacción central, baño... En suma, todas las comodidades modernas... Es perfecto, estamos de acuerdo... Señor director, alquilo este departamento.

Se arrojó sobre la cama.

—¡Ah!, señor director, un último ruego.

—¿Cuál?

—Que no me traigan mi chocolate mañana por la mañana antes de las diez... me caigo de sueño.

Y se volteó hacia la pared.

Cinco minutos después, dormía profundamente.

FIN

Índice